海蛍と濡れた アソコの光る町

霧原一輝

双葉文庫

目次

海蛍と濡れたアソコの光る町

第一章　青白い光は発情のサイン

1

初春にしてはやけに暖かい夜だった。

井沢春樹《いざわはるき》は月三万円で借りている一軒家の自宅を出て、坂道を海に向かって歩きだす。十分もくだれば、漁港に到着する。その手前に、常連になりつつあるスナック『ゆうこ』がある。

広島県尾道《おのみち》の近くのM町に移住して、二カ月が経過した。

結局、東京は肌に合わなかった。

満員電車での通勤は死ぬほど苦痛だったし、住んでいたマンションも隣室の音が気になって、心が安まらなかった。それに較べると、瀬戸内海《せとないかい》に面して、漁港のある、この風光明媚《ふうこうめいび》な町での一軒家暮らしは、とても気分が落ち着いた。

M町は人口は少ないが、魚の水揚げが多く、魚市場は働く者の熱気にあふれ、鮮魚店や食堂、スーパーの並ぶ商店街も、活況を呈している。

以前から、地方に住みたいという願望はあった。

だが、あくまでも憧《あこが》れであり、二十八歳の働き盛りの自分の地方移住はまだ早すぎると感じていた。だが、そうせざるを得ない事情があった。

結婚まで考えていた恋人の渡部彩奈《わたなべあやな》に、無残にも振られたのだ。

最悪なのは、彩奈が春樹と同じIT関連のS社に勤めていて、さらに、よりによって、彼女が会社の先輩とつきあいはじめたことだ。

一刻も早く、職場から、そして、二人のいる東京から逃げたかった。

どこか遠くへ行こう――。

そのとき脳裏に浮かんだのが、かつて何度か訪れて気に入った瀬戸内海だった。あの穏やかな海と無数に点在する島々、沿岸の町ののどかな雰囲気……。

春樹は空き家バンクで住居をさがし、尾道に近い海沿いの町に、最適の物件を見つけ、移り住んだ。

いったんS社を辞めて、フリーランスになった。S社にこれまでどおり、うちの仕事はつづけてくれと要請されて、業務委託の形で、おもにWEB制作の仕事を請け負っている。収入は減ったが、家賃も物価も安いここでなら、どうにか暮らしていけそうだった。

今は必死にM町に馴染《なじ》もうとしているところだ。

そろそろスナックに到着というところで、いつものように海を見た。

漁港の入口にある赤と緑の点滅塔が目立つほど、夜の海は暗く沈んでいた。だが、いつもと違って、波打ち際が青白く光っている。

(何だ、あれは?)

何が起こっているのか、わからなかった。夢でも見ているのかと思った。

近づいていくと、さらに光の量が増えて、海のなかや波打ち際、波が引いた砂浜など、至るところが青白く発光していた。

海に光る現象があることは知っていた。夜光虫《やこうちゅう》やホタルイカが光を放ち、それが海を青く光らせると聞いている。

しかし、実際にはその光景を見たことがなかった。

漁港近くの砂浜に、十人くらいの人影が見え、光る海を指しながら、昂《たかぶ》った様子でさかんに何か話している。

春樹も海岸沿いの道路から、浜辺へとつづく石段を急いでおりる。

砂浜を歩いていくと、観光客らしい若い女性の声が耳に入った。

「海蛍《うみほたる》らしいよ」

「そうなの？　夜光虫じゃないんだ」

「海蛍だって地元の人が言っているから、それだと思うよ……三月に出るのはとても珍しく、奇跡《きせき》だって」

「へえ、わたしたち超ラッキーじゃん」

（そうか……これが海蛍なんだ。今の時期に見られるのは奇跡なんだ）

水際まで行くと、打ち寄せる波のところどころが、青い蛍光色《けいこうしょく》の絵の具を流したように光り、まるでコンサートの際に点《つ》けるペンライトみたいだ。しばし、暗い海を飾る青一色のイルミネーションに見とれた。

「おおぅ、すごいな。初めてだよ」

「けっこう光るな。それに動いてる」

「いいもの見せてもらった」

あちらこちらから、見物客の感激する声があがる。

「ほんとうにラッキーですよ。この時期に見られるなんて」

声がしたほうを見た。

中心にいるのは、釣り船民宿『一郎丸《いちろうまる》』の看板娘・橋本早紀《はしもとさき》だった。

離婚して出戻った二十九歳の魅惑的な美人で、ここを訪れる釣り人や町の人たちに、とても人気がある。

春樹も何度か話をしたことがある。出戻りとは思えないほどに明るく、気さくな人柄《ひとがら》で、とても感じがいい。

「ああ、井沢さん、いいもの見られていますね」

早紀が笑顔で声をかけてきた。

「はい……これは、夜光虫ではなく、海蛍なんですね」

「そうです。夜光虫は赤潮の原因となりますが、これはまったく異なって、海蛍です。ミジンコみたいな生き物が集まって、発光してるんです。見るのは、初めてですか？」

「はい……あまりにも幻想的でびっくりしています」

「現実ですよ、これは……ほら、こうして手のひらですくうと……」

長靴を履《は》いていた早紀は海に入り、波打ち際で光るものをすくった。

合わせた手のひらの小さな水溜まりのなかで、何かが青白い光を放ちながら、くるくるとまわり、それがくっついたり、離れたりして、様々な模様に変化している。

春樹はそれを見て、オタマジャクシや精子を連想した。まるで、精子が青白い光の尾を引きながら、動きまわっているようだった。

「大きさは二、三ミリで、青白い光を吐き出しながら、動くんです。二枚の甲殻《こうかく》があって、足もあるんですよ」

「へえ……この時期に見られるのは奇跡に近いって聞きましたけど」

「そうです。五月から十月にかけて、夏場を中心に見られるものですから、確かに奇跡的ですね。暖かくて、出る時期を間違えたのかもしれません……光るのは何らかの刺激を受けたときなんです。敵を威嚇《いかく》したり、雄《おす》と雌《めす》がお互いを求めて光るとも言われています。こうやってすくうと、何が起こったのかって、パニックを起こして光るんです」

民宿の客も、早紀の手のひらのなかを覗《のぞ》き込んでいる。

「井沢さんもやりますか？」

「……そうですね。やりたいですね」

春樹はサンダルを履いていたから、多少濡れても問題はない。

ズボンをたくしあげて、波打ち際まで歩き、光っている海水をすくった。

すると、左右の手のひらが作る小さなプールのなかで、小さな生き物が青白い光を吐き出しながら、ぐるぐるまわりはじめた。

この小さな、オタマジャクシにも精子にも見える一匹一匹が集合して、幻想的なスペクタクルを繰りひろげているのだ。

春樹は手のひらのなかの海蛍をじっくりと観賞した。美しく神秘的だ。

「可哀相ですから、そろそろ逃がしてやってください」

早紀が声をかけてきた。

「ああ、そうですね。すみません。ついつい夢中になってしまって……」

春樹は海に入り、手のひらのなかの海蛍を逃がそうと、屈み込んだ。

そのとき、いきなり大きな波が白い波頭を見せて、春樹に向かってきた。

飛びのこうとしたが、遅かった。

いや、避けようとしたのがいけなかったのだろう。

大波に足をすくわれて、春樹は派手に転んだ。

下は砂浜だから、それほど痛くはなかった。

しかし、ほぼ全身が海につかった。おまけに、海水を飲んでしまい、あまりのしょっぱさに口のなかのものを吐き出した。そうしながら、反射的に飛び起きていた。

立ちあがった途端《とたん》に、

「すごい……全身が光ってる！」

さっきの若い観光客の女性が驚きの喚声《かんせい》をあげ、スマホを向けて、言った。

「撮っていいですか？　体が光っているんです」

「えっ？　ああ、まあ……」

こんなときにも「バエる」写真を撮りたいと、一瞬にして思う若い女の子に憤《いきどお》りを感じざるを得なかったが、ここで敢《あ》えて「やめてくれ」と拒《こば》むのも、何だか格好悪い気がした。

フラッシュが光り、女の子が言った。

「これ、SNSに載せてもいいですか？」

「まあ、顔さえ隠してくれれば」

「ありがとうございます。きっと『いいね！』がいっぱいつくと思います」

大満足の様子で、二人連れが帰っていった。

（そうだ……スマホを！）

春樹は海水で濡れたスマホが心配になって、ポケットから取り出す。幸運にも一瞬だったから、さほど濡れていない。

早紀が心配して、タオルを差し出してきた。

「これで、スマホと体を拭いてください」

「ああ、すみません」

春樹はスマホを丁寧《ていねい》に拭いた。防水性の高いものだから大丈夫だとは思うが、もしスマホが使えなくなったら、仕事にも影響する。

「ゴメンなさい。わたしが勧めたせいで、こんなことになって」

早紀が謝って、見あげてきた。

「いいえ、早紀さんのせいじゃありません。俺がドジだったんです」

「体を拭かないんですか？」

「ああ、ええ……こんな経験初めてだから、しばらくこのままでいます。すみませんが、このスマホで俺を撮っていただけませんか、記念なので」

「いいですけど……」

「じゃあ、頼みます」

早紀が手渡されたスマホで、春樹を何枚か撮ってくれた。

撮り終えた早紀がスマホを返しながら言った。

「あの、もしよかったら、うちで服を着替えてください」

「……大丈夫です。家へも歩いて十分ほどですから。帰ってシャワーを浴びて、着替えます」

「ゴメンなさい。風邪など引かないようにしてくださいね」

「すみません、気を使っていただいて。そろそろ帰ります」

いまだに光っている海をあとにし、春樹は寒さを堪《こら》えながら、石段をあがり道路に出た。

すれ違う人が二度見してくる。それほどまでに、今の自分は光る人になっているということだ。

早紀が撮ってくれた写真をにやにやして見ながら、春樹は坂道を借家に向かってのぼっていった。

2

春樹が異変を感じたのは、翌日、日が沈んで、家を出て港に行ったときだった。町を行き交う女性の下腹部が、スカートやズボンを通して、ボーッと薄く光っているのが見えるのだ。

しかも、女性によって、光り具合が違う。

（何だ、これは？）

目の錯覚《さっかく》に違いない。そう思って、瞼《まぶた》を閉じて目を擦《こす》った。夢なら覚めなければと、頭を振った。

目を開ける。

やはり、光っている。女性の子宮のあたりが青白く発光している。

人によって明るさが違い、まったく光っていない女性もいる。

薄明かりを宿している者もいれば、眩《まぶ》しくなるほどの強い光源を宿している女性もいる。

不思議なことに、男性は一切光っていない。

（俺、どうなってしまったんだ？）

目眩《めまい》がして、道路と浜辺を隔てる低い防波堤に寄りかかって、もう一度、今度は長く目を瞑《つぶ》った。

おそるおそる目を開ける。

やはり、光は消えなかった。道路を歩く女性や、食堂から出てきた女性のアソコが光っているのだ。まるで、昨日見た海蛍のように……。

（海蛍？　そうか、似ている。あの光り方にそっくりだ。昨日、この砂浜で海蛍を手のひらですくい、海に戻そうとしたときに転んだ。その際に、全身水浸しになって海蛍がくっついた。俺はほんの少しだけだが、海蛍が生息する海水を飲んでしまった。もしかしてあれが原因か。しかし、それなら光るのはむしろ自分自身だろう）

すさまじい勢いで頭を回転させていると、

「春ちゃん、何、深刻な顔してるのよ」

声をかけてきたのは、スナック『ゆうこ』でホステスをしている高梨《たかなし》マミだった。肌の露出の多い、ノースリーブのミニのワンピースにカーディガンをはおっている。

茶髪が頭の上で盛られ、左右の長い鬢《びん》が頬《ほお》に垂れている。

まだ二十三歳で、何年か前にこの町に流れてきて、ママの長井由布子《ながいゆうこ》に拾われたのだと聞いていた。

「いや、何でもない」

そう答えながらも、春樹はマミのミニワンピースの股間付近から、海蛍に似た光が放たれているのに気づいた。

「客がいないから、さぼっていたところ。春ちゃん、暇《ひま》でしょ、お店に来てよ」

マミが腕を組んできて、おそらくEカップはある胸が腕に触れたとき、マミの下腹部の光が急に強くなった。

どうやら同じ女性でも、中心の光り具合は刻々と変わるものらしい。

(どういうことだろう？　ひょっとして、発情のサイン？　まさか……)

頭を悩ませていると、

「来るよね？」

再度、マミにたわわな胸のふくらみをぎゅうと押しつけられて、

「わかった、行くよ」

春樹は連行されるようにして、入口に紫の地に白く『ゆうこ』と浮かびあがる電飾看板が置かれた店に入る。

カウンターと、テーブル席が二カ所あるだけで、落ち着いた雰囲気のこぢんまりとした店である。

テーブル席には近くの旅館の客らしい中年男性の二人連れが座って、酔っぱらい特有の制御のなくなった声で、会話している。

春樹はいつものようにカウンター席に腰をおろす。

この席に座るのは、由布子ママとの距離が近く、お喋りできるからだ。

マミも明るくて、いい。しかし、春樹がここを訪れるのは、由布子ママに逢えるからで、彼女を見ていると、すごく心が安らぐ。

ママに言われて、マミが二人連れの客の席につき、調子を合わせはじめた。

春樹はボトルを入れている焼酎の烏龍茶《ウーロンちゃ》割りを頼んで、由布子の下半身を見た。ストライプの模様の着物を通して、下腹部がぼんやりと明るくなっていた。

だが、マミほどの明るさではない。

仮に、この発光の強度が女性の性欲状態を表すものだとすれば、由布子はそれほど発情していない。

由布子は、かつての網元《あみもと》で、現在は漁業組合長をしている長井重蔵《しげぞう》の後妻に入り、店を持たせてもらったらしい。

年齢は三十九歳で、五年前に結婚したという。

店には漁師もやってくるが、彼等が由布子ママに手を出さないのは、漁業組合長が怖いからだ。

ちらりと奥のテーブル席に目をやると、たちまち溶け込んだマミが客の話にさかんにうなずいている。不思議なことに、さっきまで光っていた下腹部は光度を弱めて、ほぼ見えなくなっていた。

（ううん……どういうことだ？　仕事モードに入って、欲望が消えたんだろうか。それとも、あの客たちにセックスアピールを感じないんだろうか？）

正面を向いたとき、由布子が焼酎の烏龍茶割りを出して、

「春ちゃん、昨日の海蛍見た？」

薄く微笑《ほほえ》んで訊《き》いてきた。その美人演歌歌手みたいな美貌に心を躍らされながら、

「ええ、見ました。びっくりしました。この時期に出現するのは、珍しいんだそうですね」

「そうなのよ。わたしも初めてだわ。夏場には時々光るのよ」

「あまりの感動で、海に入っていったら、転んでびしょ濡れになりました。それで、ここに来るのを諦めたんです」

「まあ、海に入るなんて……しっかりしていそうなのに、意外とかわいいことをするのね」

「俺なんか、全然、しっかりしてないですよ……そうだ、そのときに撮ってもらった写真があるので、見せましょう」

春樹はスマホをポケットから取り出して、画像を見せた。

「すごいわね。ところどころ青白く光ってるじゃないの」

由布子が目を見開いて言い、

「どれどれ、わたしにも見せてよ」

二人の会話を聞いていたらしいマミが近づいてきて、スマホの画面を覗き込んだ。

「ウけるぅ、これ……！　SNSにアップしたら、絶対にバズるじゃない。アップした？」

「いや、していないです」

「もったいないなぁ。ちょっと借りていい。お客さんに見せたいから」

マミはスマホを客のところに持っていって、見せている。二人連れが驚愕《きょうがく》の声をあげて、いろいろと訊き、それで三人の会話が盛りあがりはじめた。

「ゴメンなさいね。春ちゃんのスマホを無断であんなことに……」

由布子が申し訳ないという顔をした。

「いいんです。そうだ、マミちゃんはママに拾われたって聞きましたけど」

「……三年前だったかな、マミがここに流れてきたのは……東京の高校を卒業してから、大阪の会社に就職したんだけど、上司と折り合いが悪くて、辞めて、西のほうへと移動してきたらしいのよ。東京の家には、これも両親と仲が悪くて、帰りたくないらしいの。でも、バイトをしてもつづかずに、いきなり店に来て、働かせてくださいって……うちは前の子が辞めて、困っていたときだったから、一晩働いてもらったのね。そうしたら、あの調子だから、客受けがよくてね。泊まるところがないというから、家の離れを使わせてあげたの。彼女が来てから、店は明るくなった。神様が遣《つか》わしてくれたんだと思ったわ。もう三年になるけど、まさか、ここまでつづくとは思わなかったわね」

由布子がマミのほうを見て、微笑んだ。

（そうか、マミちゃんにもそういうストーリーがあったんだな）

東京がいやで、流れてきたという点では、春樹に似ている。急に親近感を覚えた。

やがて、テーブル席の二人が帰って、他に客もいないので、マミが春樹の隣のスツールに腰かけた。

マミは春樹の太腿《ふともも》に頻繁《ひんぱん》に手を置き、笑いながら身体を寄せてくる。

その間も、オレンジ色のミニワンピースの太腿の奥から、昨夜見た海蛍のような光があふれて、ミニからのぞく太腿や下腹部そのものがいっそう明るさを増していた。

いつものマミとは違った。もともと客とのタッチを辞さないタイプだが、今夜は格段に多かった。それに、大きな胸を明らかにわざと腕に擦りつけてくる。子宮が疼《うず》いているのだろうか——。

由布子ママの着物の中心は今もぼんやりとした明かりが見えるだけで、マミとは光度がまったく違う。やはりこの光は発情のサインなのだ。だとしたら、自分はとんでもない特殊な能力を手に入れたことになる……。

その後、数人の客が店に来た。

いつもなら、春樹は一時間ほどで帰る。しかし、今夜は閉店まで居すわることにした。

マミを誘いたかった。そして、この能力が本物かどうかを確かめたかった。

閉店時間に春樹は入口付近で待って、マミが店を出てきたところで、声をかけた。

「突然だけど、散歩しませんか？」

「……いいけど」

マミは断らない。

二人で浜におりて、波打ち際を歩いた。

「ここで、昨日、春ちゃんは転んだのね」

そう言って、マミが腕をすべり込ませてきた。ぴったりと胸を押しつけてくる。

さっき店を出るときには、薄明かりだった下腹部の青白い光がどんどん強くなってきている。

「春ちゃん、真面目《まじめ》だから、こういうことができる人だとは思っていなかったわ……でも、うれしいな。今夜はひとりじゃ、つらいなって感じだったから」

マミはそう言って、見あげてきた。

下腹部の光は、昨夜ここで見た海蛍よりも強く発光し、オレンジ色の布地が見えなくなるほどに輝いている。

（イケる。大丈夫だ。マミはやりたがっている）

春樹はマミを引き寄せて、包み込むように抱きしめた。

マミは一切、拒むことなく、身体を預けてくる。

ぎゅっと抱きしめた。中肉中背で胸の大きいマミは想像以上に肉感的だ。

顔を挟むようにして、唇を合わせにいく。マミは目を閉じていた。

解かれた茶髪がふんわりと肩に触れて、もともと愛らしい感じのマミに色気を付け加えていた。

唇をかるく重ねる。すると、マミはそれを待っていたかのように唇を情熱的に吸いながら、春樹の背中や腰を撫《な》でさすってくる。

ザザッ、ザザーッと、押し寄せては引いていく波の音が聞こえる。

キスを終えて、マミは両肩に腕をかけながら、大きな目を向けて言った。

「春ちゃんの家に行きたいわ。ひとり住まいなんでしょ？」

「ああ……」

答える声が無様に掠《かす》れた。こんなに上手く誘えたのは、初めてだった。

デートをしていても、いつもキスのタイミングが悪く、『今じゃなかったのかな』と後悔することが多かった。

結局、モテるかどうか、関係が深まるかどうかは、女性の心理や下半身の発情具合をどう見定めるかにかかっているのだ。

「行こうか、ほんの十分ほどで着くから」

春樹が歩きだすと、マミは腕の内側に手を入れて、弾力のある胸を押しつけてきた。

3

借家は二階建てで、新しいとはいえないが、リフォームされていて、住むのにはまったく支障がなかった。東京で同程度の家を借りたら、絶対に十万円以上の家賃を払わなければいけないだろう。

「ふうん、こんなひろい家にひとりで住んでいるんだ。寂しくないの？」

マミが家を見まわしながら言う。

「平気だよ。ひとり暮らしには慣れているから」

「同棲とかもしたことがないんだ？」

「ああ……」

「WEB制作の仕事をしているんでしょ、見せてよ」

「……ここだよ」

二階にあがって、パソコンが二台置いてある仕事部屋を見せた。

「ふうん、意外と整理整頓されているのね。前は東京の会社に勤めていたんでしょ？」

「ああ……いろいろとあって、東京がいやになった。この仕事なら、ネット環境さえとのっていれば、どこでだってできるからね」

「わたしも東京がいやになって、出たのよ。似てるね」

「そうだね」

「わたしたち、気が合いそう」

マミが近づいてきて、春樹の腰に両手をまわし、下半身を押しつけてきた。下腹部の蛍の光のような明かりは、ミニのワンピースを通して、眩しいほどに輝いていて、その熱気なのか温かさすら感じた。

「寝室に行く?」

春樹が思い切って誘うと、はにかみながらうなずいた。

仕事部屋の隣が寝室になっていて、そこにはベッドが置いてある。

「ここからも、瀬戸内海が見えるのね。いいなあ……羨《うらや》ましい。わたしはママの家の離れを借りているんだけど、木が邪魔になって海が見えないのよ」

マミは窓から水平線を眺めながら、自分でオレンジ色のワンピースを剝《む》きあげるようにして、頭から抜き取った。

ピンクのブラジャーとパンティが、ウエストはくびれているが全体に程よく肉のついた肢体に張りつき、ヒップがぐっとあがっていた。

春樹も服を脱いで、ブリーフだけの姿になる。

マミの所作《しょさ》からみて、こうしてほしいのだろうと、後ろから抱きしめた。

「すごいね。わたしがどうされたいのか、わかるのね」

「そうでもないよ」

「今夜、どうしてわたしを誘ったの？」

「それは……」

『きみのおなかが光っていたからだ』

そう口に出かけたのを、ぐっと抑えた。

「わたしが寂しがっているのが、わかったんでしょ？」

「……まあ、そうかもしれない」

「いいタイミングだった。わたし、今夜じゃなければ、ここに来なかった」

マミが言う。

タイミングという言葉で思い出した。振られた彩奈から、『春樹はすべてに関してタイミングが悪いのよ』と言われたことがある。

マミが振り返って、春樹にぶらさがるようにしてキスをしてきた。

春樹も唇を重ね、求められるままに舌をつかう。

するとと、マミの手がおりていって、ブリーフ越しに股間の具合を確かめるように触れてきた。

「ふふっ、ほら、もうこんなにして……春ちゃんもしたかったんだ」

マミは愛嬌《あいきょう》のある笑顔で見あげながら、分身を情熱的になぞってくる。

「ああ、そうだよ」

「ふふっ、カチンカチンになった……」

うれしそうに言いながら、マミは右手をブリーフのなかにすべり込ませて、じかに肉茎を握り込んでくる。

「熱があるみたい。これ、絶対に三十九度はあるよ」

「高熱だな。病院に行かないと」

「大丈夫よ。わたしが熱を冷ましてあげるから」

マミは自信ありげに言って、ブラジャーを外し、ベッドにあがった。

丸々とした、たわわな乳房に目を奪われながらも、春樹もベッドにあがって、仰臥《ぎょうが》したマミを見る。

衝撃的だった。

部屋の明かりは点いていない。ほぼ満月の月明かりが、窓際のベッドに横たわる女体を仄白《ほのじろ》く浮かびあがらせている。そして、両手で乳房を隠したマミのピンクのパンティの少し上が青白い光を放っているのだ。

まるで、子宮に海蛍を飼っているようだ。

そこをじかに見たくなって、パンティに手をかけると、マミは尻を浮かせて、脱がせやすくしてくれる。

それで、初めてわかった。

光っているのは、膣《ちつ》そのものではなかった。おそらく、その少し上の子宮が青白く光っているのだ。

(そうか……疼くのは女性器そのものではなく、子宮なんだな。そういえば、よく『子宮が疼く』と言うしな)

きっと今まで、春樹は子宮が放つ光に見とれていたのだろう、

「どうしたの、アソコばっかり見て」

マミが言う。

「いや、何でもない……」

「わたし、アソコの毛が濃いでしょ。それを見て、引いているのかと思った」

「違うよ。俺はむしろ、濃いほうが好きだ」

「よかった……来て」

春樹は覆《おお》いかぶさるようにして、唇を重ねる。

キスが徐々に激しくなり、マミの呼吸が荒くなった。

少しずつ顔を移して、首すじから胸にかけて、キスをおろしていく。

マミの肌は色白できめ細かく、乳房はとくに仄白く、薄明かりのなかでも青い血管が透けだしているのが見えた。

(ああ、これが女の肌なんだな)

春樹はひさしく忘れていたものを思い出した。

彩奈と別れてから、女体に接していなかった。

乳房に顔を埋めると、柔らかいが弾力のあるふくらみに顔を覆われて、それだけで、幸せな気持ちになった。

見る間に乳首が尖《とが》ってきた。その硬くなりつつあるセピア色の突起を口に含むと、

「あっ……!」

マミがびくっとして、顎《あご》をせりあげる。

唾で濡らしてから、かるく上下左右に舌を走らせると、

「ぁああうぅぅ……！」

マミは右手の甲で口を覆いながら、抑えきれない声を洩《も》らし、片膝《かたひざ》を立てた。立っているほうの膝を内側にねじり込み、左右の太腿をぎゅうとよじり合わせる。

すると、子宮の青白い光が一段と強くなった。

それはとても幻想的な光景だった。同時に、春樹は理解した。

やはり、子宮の光は女性がいかに発情しているかを示す指標なのだ。

今日見た女性の放つ光は、人によって違っていた。それは、おそらくその女性がいかに性的に男を欲しがっているかを表している。由布子ママの下腹部はぼんやりとして明るくなかった。それは、たぶん今夜、由布子は男を必要としていなかったのだ。

それを確かめたくなって、春樹は乳首を舐《な》めながら、右手をおろしていく。

台形に繁った繊毛《せんもう》は意外に柔らかく、触っていても気持ちが良かった。

その下に指を押し当てる。

濡れていた。狭間《はざま》に指を添えると、肉びらが開いて、ぬるぬるしたものがあふれながら、指にまとわりついてくる。

女性は発情したら、愛蜜をあふれさせる。

それはわかっている。しかし、これほどまでに濡れた花芯に触れるのは初めてのような気がする。

別れた彩奈も、こんなにぬるぬるにしたことはなかった。

自分は彩奈にとって、それほど濡れるような対象ではなかったのか。それとも、そのタイミングを逃がしていたのか、愛撫が下手だったのか……。

春樹は左手で乳房を揉《も》み、いっそう硬くせりだしてきた乳首を吸い、舐めながら、右手の中指で静かに狭間の粘膜をなぞった。

「んんんっ……あっ、あっ……」

マミがもっと欲しいとばかりに下半身をせりあげ、下腹部の中心では海蛍のような光が放たれている。

春樹は左右の乳首を指でつまんで転がし、丹念《たんねん》に舐めしゃぶった。

それから、顔をおろしていき、マミの足の間にしゃがんで、両膝の裏をつかんで開かせる。

「あっ……！」

マミが顔をそむけ、女自身があらわになった。

台形の翳《かげ》りが繁茂して、その流れ込むあたりに、ふっくらとしたコーラルピンクの陰唇《いんしん》がわずかにひろがって、内部の鮮紅色の粘膜をのぞかせていた。

子宮が発光しているせいで、女性器も内部からの明かりを受けて、とても幻想的に見えた。

春樹は顔の位置を低くして、粘膜を舐めあげる。

ちょっと酸っぱいような匂いがして、プレーンヨーグルトみたいな味覚が舌にまとわりついてきた。ゆっくりと舌を走らせると、

「ぁああ、ぁあああ、気持ちいい……」

マミが心から感じているという声をあげる。

(女性がその気になると、これほど感じるんだな)

粘膜を舐めあげる勢いそのままに、上方の肉芽《にくが》を舌で撥《は》ねあげると、

「んっ……!」

マミはびくんと大きく腰を揺らして、顔をのけぞらせる。

子宮の海蛍がいっそう明るく光りはじめた。

その光に励《はげ》まされて、春樹はクリトリスを刺激した。下から舐めあげると、突起を舌が弾《はじ》く感触があって、

春樹が肉芽を舌で弾き、舐めると、マミが大きく喘《あえ》いだ。

「はうん……！」

（よし、これでいいんだ）

自分のしている愛撫に自信が持てた。春樹が肉芽を舌で弾き、舐めると、

「ぁあああ、あああう……気持ちいい。気持ちいいの」

マミがうっとりとした声をあげて、身をよじる。

だが、しばらく同じように肉芽を舐めていると、マミの喘ぎが止まった。

子宮の光の輝きが少なくなってしまっている。

（どうしたんだろう。そうか、これくらいでは満足できないんだ。もう限界なんだな。だとすれば、こうか？）

春樹はクリトリスの上部に指を添えて、引きあげる。すると、包皮がくるっと剝けて、本体が現れた。

小さな肉真珠《にくしんじゅ》が桜色にぬめ光っているのが、はっきりとわかる。

春樹は包皮を剝いたまま、肉真珠を丁寧に舐めた。ひと舐めするごとに、

「んっ……んっ……ぁあああ、おかしくなる。気持ち良すぎて、へんになるぅ」

マミは顎をせりあげて、シーツを掻《か》きむしる。

（やはり、じかに本体を舐められたほうが感じるんだな）

春樹は肉芽を上下左右に舐め、時々吸う。吸引しながら、かるく舌でなぞると、それがいいのか、

「ぁあぁ……！　これ好き……ぁああん、もっと吸って」

マミが泣き顔で訴えてくる。

春樹は肉芽を根元から吸い込みながら、空いている手で太腿をつかみ、足を開かせている。

いったん吐き出して、肉芽をれろれろっと舌で横に弾くと、

「ぁああ、いいの。おかしくなる。欲しいよ。ちょうだい。春ちゃんのおチンチンをちょうだい」

マミがとろんとした目を向けて、せがんでくる。

春樹もすでに準備は万端ととのった。イチモツは急角度でそそりたっている。

つながりたくなって、右手で勃起《ぼっき》を導いた。

マミのオマ×コは肉びらがひろがって、充血したようにふくらんでいた。鮮紅色の粘膜がのぞき、そこはおびただしい蜜を噴き出して、それとわかるほどに粘

液がぬめ光っている。

4

春樹はギンギンになったイチモツで入口をさぐり、慎重に押し込んでいく。

オイルをまぶしたようにぬめる膣口を、亀頭部《きとうぶ》が押し開いて、ぬるぬるっとすべり込んでいくと、

「ぁああ……！」

マミが大きく顔をのけぞらせる。

「くっ……！」

と、春樹も奥歯を食いしばっていた。

マミの体内はとろとろに蕩《とろ》けていて、温かい。その温かい粘膜が硬直にからみつきながら、奥へ奥へと引きずり込もうとする。

分身を吸い込むような膣は初めてだった。

女性は発情すると、膣が男根を招き入れようとして、自然にこう動くのかもしれない。

春樹は足を放して、覆いかぶさっていく。

挿入《そうにゅう》したまま、キスをする。ふっくらとした唇に唇を重ね合わせると、マミは自分から舌を差し込んできた。

ぬめりを持った柔らかな肉片を吸い、舌で応戦しながら、ゆっくりと腰を動かした。

舌の感触と、温かい膣粘膜の吸いつくようなうごめきが、春樹をかきたてて、射精をする前に感じる、あの甘い陶酔感《とうすいかん》が下腹部を満たした。

だが、今、放ってしまっては、あまりにも情けなさすぎる。

春樹は下腹部の熱を冷まそうと、腰のストロークを止めた。その代わりに、キスをおろしていく。

顎からのけぞった首すじへと舐めおろすと、

「ぁああ……ぞくぞくするのよ」

マミがますます顎をせりあげた。

膣がくいっ、くいっと勃起を締めつけてきて、春樹は射精しそうになるのを必死にこらえる。

（ああ、女性の身体って、こうなるんだ）

新しい体験に驚きながらも、春樹は乳房をつかんで、揉みしだきながら、中心の突起を舌であやした。

れろれろっと舌を打ちつける。かるく吸い、搾《しぼ》り取るようにして、吐き出した。また乳首を舐め転がすと、

「ぁあぁうぅぅ……突いて。奥まで欲しい」

マミは両足を春樹の腰にからませながら、自分でぐいぐいと恥肉を擦りつけてくる。

春樹はうねりあがる歓喜の爆発をかろうじてこらえた。

マミはもうイキたくてしようがないといった様子で、自分から腰をまわし、前後に動かして、せがんでくる。

もう制御できそうになかった。

こうなったら、射精覚悟でストロークをするしかない。

春樹は上体を立てて、マミの両膝の裏をつかみ、押しながらひろげた。

すごい光景だった。

M字に大股開きしたマミの下腹部が眩しいほどに発光して、肉柱が膣に嵌《は》まり込んでいる箇所《かしょ》を浮かびあがらせている。

その幻想的でエロチックな光景に、春樹も一気にヒートアップした。

両膝の裏をがっちりとつかんで、屹立《きつりつ》を抜き差しさせる。

息を詰めて、つづけざまに叩き込むと、マミの様子が逼迫《ひっぱく》してきた。両手を頭上にあげて、降参するような無防備な状態になって、

「あんっ、あんっ、あんっ……！」

甲高《かんだか》い声をスタッカートさせる。

ひと突きするたびに、Eカップくらいの乳房がぶるん、ぶるるんと縦揺れして、二つの乳首も揺れ動く。

髪が乱れて、扇状《おうぎじょう》に散り、毛先が胸のふくらみに垂れかかっている。

歯を食いしばって、つづけざまに硬直を押し込むと、

「あんっ、あんっ……ぁあああぁぁ」

マミは、これ以上は無理というところまで顎をせりあげて、さしせまった声をあげる。

ひと擦りするたびに、熱い塊《かたまり》がひろがり、射精しそうになって、春樹は動きを止めた。

「つづけて……イキそうなの。いいよ、出して……今日は大丈夫な日だから」

マミが顔をあげて、春樹を見た。

大きな瞳が泣いているみたいに潤《うる》んでいて、肌からも汗が滲んでいる。

子宮のあたりが眩しいほどに光り、その発光が春樹をかきたてた。

春樹は射精をしてもいいという気持ちで、打ち込みを再開する。

「あんっ、あんっ、あんっ……ぁあああ、イキそう。イクよ」

マミが両手を降参するような形であげて、たわわな乳房や剃毛《ていもう》された腋《わき》の下をあらわにして、潤んだ目で訴えてくる。

「お、俺も……俺も出そうだ」

ごく自然に、膝裏をつかむ手に力が入った。

両膝を腹につかんばかりにひろげながら、春樹は無我夢中で叩き込んだ。

怒張《どちょう》しきった分身が深いところに潜り込み、粘膜を行き来し、あの熱い陶酔がさしせまったものに変わった。

「イクよ、出すぞ」

「ああ、ちょうだい……そうよ、そう……感じる。わたし、すごく感じてる……あんっ、あんっ、あんっ……イク、イク、イッちゃう！」

マミが両手でシーツを皺《しわ》が寄るほどにつかんで、身体を弓なりに反《そ》らせた。

「マミちゃん、イクよ。ぁあああ、くぅぅ」

バスッ、バスッと音が出るほど強く叩き込んだとき、

「ああ、イクぅ……！」

マミは大きくのけぞってから、がくん、がくんと痙攣《けいれん》した。同時に、膣が勃起を内側に手繰《たぐ》り寄せるようにうごめいて、

「おぉあああ……！」

春樹は叫びながら、放っていた。

射精のツーンとした歓喜が下腹部から背筋を貫《つらぬ》いて、春樹はそれに身を任せた。

5

シャワーを浴びて、二人はふたたびベッドに横たわっていた。

生まれたままの姿で、マミは腕枕した春樹の胸板に顔を寄せている。

子宮から放たれていた光は、見事なまでに消えていた。

春樹はおずおずと訊いてみた。

「マミちゃんは、海蛍を見たことある？」

「……前に、一度。びっくりしたわ。波打ち際に青いイルミネーションが光って

いるみたいだった」

「それを見たあとに、何か変わったことはなかった?」

「変わったこと?」

「たとえば、その残像で何かが光って見えたとか?」

「……ないわよ。どうしたの、春ちゃん。昨日、海蛍まみれになってたよね。それから、何か変わったことがあったとか?」

「いや、別に……」

「そう……へんなの」

マミが胸板を手でなぞりはじめた。指の背の部分で、掃《は》くように胸を撫でられると、ぞわっとして皮膚が粟立《あわだ》ってくる。

「ねえ、乳首が硬くなってきたわよ。春ちゃんはここが敏感なのね」

マミが上体を起こして、上から艶《なま》めかしい目を向けてくる。

顔を持ちあげると、マミの子宮付近がまた薄く発光をはじめていた。

マミは胸に顔を埋めて、春樹の乳首にキスをした。それから、赤い舌をいっぱいに出して、小豆色《あずきいろ》の突起をなぞりあげてくる。くすぐったさと紙一重の快感が走って、下腹部の分身がむっくりと頭を擡げてきた。

マミは身体を寄せて、乳首を舌で愛撫しながら、手で脇腹や太腿を撫でてくる。

臨戦態勢になったマミの子宮の光が強くなっていた。

マミの手がおりていき、確かめるように分身に触れて、それが力を漲《みなぎ》らせつつあるのを実感したようで、

「すごいね。もうこんなになってる」

上から大きな目で見て微笑み、春樹の伸ばした片足をまたぐようにして、それを握り、しごいた。

長く、しなやかな指を肉茎にまわして、ゆっくりとしごきながら、またいだ足に女の谷間を擦りつけてくる。

柔らかな繊毛を感じた。すぐにそこが濡れてきて、潤いが増すにつれて、子宮に棲む海蛍も明るさを増していた。

マミが顔を寄せてきた。

いきりたつものを根元から舐めあげ、亀頭冠《きとうかん》にちろちろと舌を這《は》わせる。それから、屹立を握り、ゆったりとしごきながら、尿道口をこじ開けるように舌を差し込んでくる。

（こんなこともできるのか？）

春樹はあらためて自分の経験不足を思う。

内臓をじかに舐められているような感覚と、茎胴を搾るようにしごかれる快感が混ざって、分身がいっそうギンと漲ってくる。

カチカチになったのを確認して、マミが上から頰張ってきた。

分身を咥《くわ》えられたのは、いつ以来だろうか――。

マミの口腔《こうこう》は温かくて、それだけでイチモツが悦《よろこ》んでいる。

よく動く舌がねっとりと裏のほうにからみついてきて、肉茎が硬くなり、芯からエレクトするのがわかる。

マミの顔が上下に揺れて、ジュブッ、ジュブッと唇を往復されると、分身が蕩けながらいきりたつような充溢感《じゅういつかん》がふくらんできた。

（気持ちいい、天国だ……一生こうされていたい）

春樹はもたらされる快感に酔いしれる。

ペニスを女性が口で愛してくれる。こんな気持ちいいことを、誰がいつ考案したのだろう。紀元前の人もフェラチオしていたのだろうか――。

マミは一心不乱にイチモツに唇をすべらせ、時々、顔をあげて、指だけでしごく。息をととのえて、ふたたび頬張ってきた。

ゆっくりとストロークしながら髪をかきあげて、自分がしている行為がどれほどの快楽を男にもたらしているか、さぐるような目で見あげてくる。

「気持ちいいよ。すごく……」

言うと、マミはホッとした目で微笑み、邪魔にならないように髪をかきあげて片方に寄せ、顔を傾けながら、唇をすべらせる。

ぐっと根元まで頬張り、ぐふっ、ぐふっと噎《む》せた。

それでも怯《ひる》まずに、奥まで咥えて、ゆったりと顔を上げ下げする。

途中から、根元を握り込み、余った部分に唇を往復させる。

敏感なカリとその裏を、短いストロークで、

「んっ、んっ、んっ……」

と、唇と舌で摩擦されると、ジーンとした甘い戦慄《せんりつ》がひろがってきた。

「ああ、ダメだ。出てしまう」

ぎりぎりで訴えた。

すると、マミはちゅっぱっと吐き出して、下腹部にまたがってきた。

蹲踞《そんきょ》の姿勢で足を開いて、光っている恥肉に亀頭部を擦りつける。そこはびっ

くりするくらいに潤っている。

マミが肉茎に指を添えながら、沈み込んできた。

切っ先がとても窮屈なとば口を押し広げながら、嵌まり込んでいき、

「ぁあああっ……！」

マミは顔をのけぞらせながら、歓喜の声をあげた。

「くうぅぅ……！」

と、春樹も奥歯を食いしばって、快感に耐える。

二度目だというのに、マミの膣はくいっ、くいっと肉茎を締めつけながら、奥へ奥へと吸い込もうとする。

必死にこらえていると、マミの腰が動きだした。

両膝をぺたんとベッドにつけて、腰を前後に揺する。そのローリングするようなスムーズな腰づかいが、たまらなく気持ち良かった。分身が粘膜で揉みしだかれるようだ。

「ぁああ、あああん……気持ちいい。気持ちいいのよ」

マミが腰を振りながら、顔をのけぞらせる。

衝撃的な光景だった。

長い髪が乱れて、肩や乳房に散っている。たわわな乳房が肌色の光沢を放ち、その中心でセピア色の乳首が上に向かって、せりだしている。

そして、黒々とした翳りの上で、お盆の灯籠《とうろう》のように肌から光が透けだしていた。

その青白い光が、肉棹《にくざお》が嵌まり込んでいる膣と陰唇のびらびらを浮かびあがらせているのだ――。

「ぁああ、気持ちいい……気持ちいいのよ」

マミが腰を振るたびに、灯籠の明かりも揺れて、春樹はその光景にかきたてられる。

マミが両手を後ろに突いて、上体を反らしたので、肉茎が出入りする様子がはっきりと見えた。大きく開脚された足の中心で、海蛍が青白い光を放っている。

くいっ、くいっとマミは鋭角に腰を振り、

「ああ、春ちゃんのあれを感じる。硬くて、長い。おかしくなる。わたし、おかしくなる……ぁあああ、止まらない。止まらない」

そう言って、マミは激しく腰を後ろに引き、突き出してくる。

春樹はその本性剝き出しの姿に圧倒されつつも、高まっていた。分身がますます硬くなり、ふくらんだ。

マミがいったん上体を立てて、覆いかぶさってきた。

唇を重ね、舌をもてあそびながら、腰をくねらせる。

膣の粘膜がうごめきながら、からみついてくる。

唇もイチモツも両方、気持ち良かった。これ以上の至福があるとは思えない。

マミは舌をからめながら、腰を前後に揺すった。それから、春樹の左腕をあげさせて、無防備になった腋の下にキスをする。

腋にはモジャモジャの毛が生えている。

「あっ……いいよ、そこは」

「したいから、しているの。春ちゃんは黙っていて！」

マミはそう言って、今度は腕を舐めあげてきた。腋窩《えきか》から二の腕に舌を走らせながら、その動きを利用して、膣で勃起を擦ってくる。

これも初体験だった。

自分はまったくセックスをわかっていなかった。彩奈が自分に愛想を尽かしたのも、わかるような気がする。きっと、彩奈は春樹の単調なセックスにうんざりしていたのだ。

「ねえ、このまま突きあげて。イキたいの」

マミがせがんできた。

春樹はマミの背中と腰に手をまわして、引き寄せながら、下から腰を突きあげる。

すると、いきりたつものがマミの体内を斜め上方に向かって擦りあげていき、

「んっ……んっ……ぁあああ、いい……このままつづけて……」

マミが抱きつきながら、耳元で囁《ささや》く。

まだ春樹は射精できないだろう。だが、マミをイカせたい。何度でも頂点に昇りつめてほしい。

春樹はがしっとマミの腰をつかみ寄せながら、腰を跳ねあげる。

ぐさっ、ぐさっと屹立が女体に突き刺さっていき、

「あんっ、あんっ、あんっ……」

マミは甲高い声をあげて、ぎゅっとしがみついてくる。

きっと今、結合部分は眩しいほどの光に照らされているだろう。

マミに気を遣《や》ってほしい。その一心で、つづけざまに腰をせりあげた。

「あああ、すごい、すごい……春ちゃん、すごいよ。あんっ、あんっ、あんっ

「……ぁああ、ねえ、またイッちゃう。イッていい？」

「いいよ。イッていいよ」

春樹は残っている力を振り絞って、マミを突きあげた。

「あんっ、あんっ、あんっ……ぁああ、イクよ」

春樹が全身全霊をかけて、深いストロークを叩き込んだとき、

「イク、イク、イッちゃう……ぁああ、あああ、イクぅ！」

マミは嬌声を張りあげて、のけぞり、それから、ばったりと腰をベッドに落として、微塵《みじん》も動かなくなった。


「すごかったわ。春ちゃん、思ったよりやるじゃない」

絶頂から回復したマミがにじり寄ってきたので、春樹はとっさに腕枕した。伸ばした二の腕に頭を乗せながら、マミは横臥《おうが》して、汗のひいた肌をぴったりと密着させてくる。

これほどに親密になったマミに、あの秘密を打ち明けたくなった。ひとりで胸のうちに留めておくには、あまりにも不可思議な現象だ。

「マミちゃんに相談したいことがあるんだ」

「何？　なんか、怖いな」

「じつはさ……」

春樹は昨夜から今日にかけて体験したことを、順を追って話していく。

それを聞いていたマミは、黙り込み、まるでＵＦＯ出現の話を聞いているかのように、大きく目を見開いて、真剣な表情になった。

第二章　情欲を発散する人妻

1

井沢春樹は夜の漁港を散歩していた。

堤防でガードされた入り江にある漁港には、二十艘ほどの漁船が係留されていて、それらを月がぼんやりと照らしている。

最近は、WEB制作の仕事を夕刻には切り上げて、夜になると町をうろつくことが多くなった。特殊な能力を発揮して、海蛍のように、至るところで女性の子宮が光っている姿を見るためだ。昼間だと、その光が見えづらい。

情事の後に高梨マミには、海蛍を手のひらですくい、転んで海蛍まみれになってから、女の欲情を示す青白い光が見えるようになったことを明かした。

『ウソでしょ。わたしをからかっているの？』

と何度も訊《き》いてきたが、マミの下腹部の光の状態を、実況放送さながらに逐一話すと、ようやく理解してくれた。

『じゃあ、今もわたしの光が見えているのね？』

春樹はうなずき、

『今夜は店に出ているときから、すごく光っていた。だけど、今はものすごく薄くなっている』

『何か、それ、いや……女性が発情具合を常に見られているとしたら、もう、恥《は》ずかしくなって、春ちゃんの前に出るのが怖くなっちゃう。まあ、わたしはいいんだけどね。もうしちゃったし……でも、他の女性にはその秘密は絶対に打ち明けないほうがいいと思う。気味悪がられるだけだから……わたしはいいわよ。わたしのアソコが光っていたら、また、して……女から誘わなくていいから、そういう点では便利よね。それに、そんな能力、いつ消えるかわからないでしょ。もう明日には消えてなくなるかも。だから、セックスするなら、今のうちかもしれないね。ああ、わたしは大丈夫。他の女に手を出しても、全然問題ないから。今のうちにやりまくれば？　セックスって体験が物をいうから。春ちゃんもどんどん上手くなるんじゃない。せいぜい頑張りなよ』

そのあっけらかんとした対応には、いささか傷ついたが、マミの言っていることとは当たっている。

特殊な能力がいつ消えてなくなるかもしれないのだから、その奇跡的なパワーがあるうちに、やるべきことはやっておきたい。

今夜もスナック『ゆうこ』に寄って、一杯だけ呑《の》んできた。

由布子ママとマミの子宮は、仄《ほの》かに明るくなっている程度だった。

やはり、女性の発情期は、そう頻繁にあるわけではなさそうだ。

夜空に浮かんだ月を見ながら、漁港をぶらぶらと歩く。いつも水揚げをする場所だし、魚市場が開かれているのだから、空気もどこか生臭い。

朝から活況を呈する漁港だが、今は静かに眠っている。

波音を聞きながら、市場の角を曲がったとき、ひときわ明るい光が目を射た。

長い髪を風でなびかせた、すらりとした女性が漁船の前で佇《たたず》んでいた。そして、彼女の子宮は眩《まぶ》しいほどに光っている。

ウインドブレーカーをはおって、黒いスキニーパンツを穿《は》いている。

近づいていくと、女がこちらを振り返った。

すぐに名前が浮かんだ。木村芳江《きむらよしえ》——この港で漁船を所有する漁師の妻である。確か、三十二歳のはずだ。

何度か、スナック『ゆうこ』で顔を合わせて、カラオケでデュエットをしたことがある。

一度は夫と一緒に来ていた。芳江の夫の木村孝《たかし》は三十九歳で、逞《たくま》しい上腕二頭筋を持ち、顔も態度も荒々しい漁師だった。

漁師は朝が早いから、普段はあまり遅くまで店にいないのだが、その日は閉店までいて、芳江を怒鳴りつけながら、千鳥足で帰っていった。

しかし今、なぜ漁師の妻が午後九時に港にいるのだろう。子供がいないらしいので、夫が就寝してから、散歩に出たのだろうか――。

それにしても、子宮の光の具合は尋常ではない。まるで、数十匹の海蛍を飼っているようだ。この状態であれば、男に抱かれたくてうずうずしているはずだ。

近づいていくと、芳江も春樹のことを覚えていてくれたようで、

「いつぞやは、カラオケにつきあっていただいて、すみませんでした」

深々と頭をさげる。

「いえいえ、俺も愉《たの》しかったです」

「よかったわ。嫌われていなくて」

芳江が微笑《ほほえ》んだ。

すらっとした、細面《ほそおもて》の和風美人なのに、いつも泣きだしそうな表情をしているので、陰気な雰囲気がただよってしまう。

「だいぶ、ここの空気にも慣れたようですね」

芳江が声をかけてくる。いつもは物静かで、口数が少ない人なのに、今夜は積極的に対応してくれる。

「はい、かなり……」

「この町に来て、よかったですか？」

「ええ、よかったと思っています……木村さん、こんな時間に外出しても大丈夫なんですか？」

「……大丈夫ですよ」

「ご主人は、もうお休みなさったんですか？」

「えっ……ああ、はい」

一瞬、口ごもった芳江に、これは何か隠していると感じた。

「そこに座りましょう」

魚市場の前に積んであった魚を入れる水色のプラスチックの箱を二つつかんで、コンクリートの上に並べて置いた。

春樹が腰をおろすと、芳江も座る。

海風で髪をなびかせる芳江の横顔を見ると、眉間《みけん》に皺《しわ》が寄っているから、きっと何か悩んでいるのだろう。

ぴったりとしたスキニーパンツが、意外に豊かな尻と太腿《ふともも》のラインを浮かびあがらせている。そして、注視するまでもなく、横に流された足の中心のやや上には、煌々《こうこう》と海蛍が光っているのだった。

「井沢さんは、東京からここに移住されたんですよね」

「ええ、そうです」

「どうして？」

「もともと、瀬戸内海が好きで、できればその沿岸に住みたいなと思っていました。それに……」

春樹は失恋の話をするべきかどうか、迷った。

「聞きたいわ」

「じつは、失恋しまして……振られたんです。それで、東京にいることに耐えられなくなって……空き家バンクで見つけた一軒家に住んでいます。ネット環境があれば、できる仕事なので」

「いいですね。そうやって、手に職がある方は」

「でも、木村さんも漁師のご主人をいろいろな面で助けているんですから、すごいと思いますよ。尊敬します」

「尊敬だなんて……」

芳江が複雑な顔をした。

沈黙が訪れて、波の音だけが聞こえる。微風が潮の香りを運んでくる。

「失恋なさったとおっしゃっていたけど、わたしも同じようなものなんですよ」

「どういうことですか？」

「主人と上手くいってないんです」

うつむいた芳江の顔が憂《うれ》いに沈んでいる。

「あの人、他に女がいるんですよ」

「えっ……？」

我が耳を疑った。そもそも、そんな秘密を自分ごときに打ち明けていいのだろうか――。

「隣町に女がいるんです。主人は今は家に寄りつかず、女のところに入り浸《びた》って、朝もそこから……。帰りも、うちにはちょっと顔を出すだけで、すぐに女のところに行くんですよ」

これには驚いた。

スナック『ゆうこ』でも、夫は芳江を邪険《じゃけん》に扱っていた。

漁師という常に死と隣り合わせの職業で、いつも魚と戦っているのだから気が荒いのか、と勝手にわかったつもりでいた。

しかし、そうではなかった。あの男には、芳江の他に女がいたのだ。

「隣町のスナックで、ホステスをしている若い女なんです。通っている間に、そういう関係になったようです。胸が大きいらしくて……わたしは小さいから」

芳江が屈み込むようにして、両腕で胸のふくらみを隠した。

そんなに胸が小さいふうには見えない。

相手の女はよほどの巨乳の持ち主なのだろうか。なかには巨乳好きの男性もいる。それなら、巨乳の女性と結婚すればよいのだ。

自分もスナックのホステスをしているマミを抱いた。だから、彼を一概《いちがい》に責めることはできない。

しかし、春樹は独身で、木村は既婚者。事情が違う。それに、家に戻らず、ホステスのところに入り浸りでは、芳江があまりも可哀相そうだ。存在を無視されるのは、何よりもつらいだろう。

（そうか……それで、アソコが寂しがっているのか）

春樹は芳江の下半身で輝く光をちらりと見る。

「わたし、R運輸の娘なんですよ。そこその縁談もあったんです。でも、底引き網で漁をする主人の姿に一目惚れしてしまって……主人があんな人だとは思いませんでした」

芳江が唇を嚙《か》みしめ、両手をぎゅっと握りしめた。

打ち明けたことで芳江の下腹部の光が弱くなっていれば、誘ったりはしなかった。しかし、話すにつれて、子宮の明かりはますます光り輝きはじめた。

「ご主人は、今夜も留守なんですね？」

「はい……」

「もしよかったら、うちにいらっしゃいませんか？……歩いても十分ですから」

「井沢さんの家ですか？」

「ええ……ひろくて、ひとりでは寂しいんですよ、俺も」

芳江はしばらく無言で考えていたが、

「でも、それでは井沢さんにご迷惑がかかります。もし人目に触れて、その噂を聞きつけたら、きっと主人は井沢さんを……」

芳江がおずおずと春樹を見た。

「それじゃあ、芳江さんを家まで送りますよ。せめて、そのくらいはさせてください」

春樹が立ちあがると、芳江も腰を浮かす。

少し一緒に歩いて、人目につかない市場の物陰で、春樹は芳江の背中に両手をまわして、引き寄せる。

一瞬、抗《あらが》おうとした芳江に、

「大丈夫です。ここなら、誰にも見られません」

安心させて、ふたたび慈《いつく》しむように抱きしめる。

芳江は拒《こば》まなかった。

強張《こわば》っていた芳江の身体が徐々にほぐれ、ついには、柔らかくしなった。

「前から、あなたのことが気になっていました。すこし陰のある人だけど、そこに惹《ひ》かれる」

「……わたしでいいんですか？　わたし、全然魅力的じゃありません。ただの暗い女ですよ」

「いえ、あなたは輝いています……」

さすがに、『子宮が輝いている』とは言えなかった。

抱いているだけで、芳江の息づかいがせわしなくなり、子宮が人魂《ひとだま》のように青白い光を強めた。

少し離れて、芳江のアーモンド形の目をまっすぐに見つめながら、顔を寄せていく。

芳江は目を閉じて、身を任せてくる。

唇を合わせて、背中と腰を抱き寄せた。

一瞬、芳江は抗おうとしたが、すぐに従順となる。舌を誘い、中間地点で舌で舌をなぞる。

春樹は右手をおろしていき、スキニーパンツの太腿の奥にぴたりと手を当てる。パンツの上からでもわかる土手高のふくらみをなぞると、芳江は春樹にしがみつき、

「……ぁあ、それ以上しないでください」

内股になって、がくん、がくんと腰を落としかける。

言葉とは裏腹に、下腹部の海蛍の光は一段と明るさを増していた。

2

「どこか人目のつかない場所はありますか？」

春樹はここぞとばかりに大胆に言う。海蛍の光の具合で性的昂奮がわかるからこそ、強引に迫ることができる。

芳江は倉庫らしい建物へ行き、扉にかかっていたダイヤル鍵のナンバーを合わせて、開錠した。

「わたしも市場で働いているから、この鍵のナンバーは知っているんです」

そう言って、芳江は扉を開け、なかに入っていく。

内部は薄暗く、常夜灯の明かりだけが、ぼんやりと倉庫内を照らしていた。

魚を入れるためのプラスチックの箱と、冷凍保存用の発泡スチロールの箱が山積みされ、その上に修理を待つ魚網がオブジェのようにかかっている。

フォークリフトで運ぶ際に使う木製のパレットが重なって置かれ、そこに、青いビニールシートがかけられていた。

芳江が壁の前まで歩いて、春樹を見た。

その目はすでに潤《うる》みはじめて、黒いスキニーパンツの内部から強烈な光が放たれている。

春樹は芳江の顔を挟みつけるようにして、唇を合わせる。

芳江も唇を重ねてきて、角度を変えながら情熱的に唇を吸い、自分から舌をからめてくる。

身体に溜まっていた、寂しさに育まれた情欲が堰《せき》を切ったようにあふれだしているのだ。

春樹はキスをしながら、スキニーパンツの股間を右手で撫《な》でる。ふっくらとした盛りマンが薄い布地を通して伝わり、その中心の窪《くぼ》みを指の腹でなぞると、

「んんんっ、んんんんっ……ぁああ、もうダメ……」

芳江はキスをやめて、春樹のズボンの中心をさぐってきた。そこはすでに力を漲《みなぎ》らせて、鋭角に持ちあがっている。

頭を擡《もた》げている硬直を、芳江は欲しくてしようがないというように大胆になぞりあげる。それがますます硬度を増すと、ズボン越しに屹立《きつりつ》を握って、焦《あせ》ったようにしごいてくる。

春樹も芳江の太腿の奥を指で撫でつづけている。二人の腕は交錯して、お互いの息づかいが段々せわしないものに変わった。

芳江の腰が焦《じ》れったそうにくねる。

春樹は下腹部を触りながら、左手でウインドブレーカーを脱がし、白いTシャツを持ちあげている胸をそっとつかんだ。

芳江は自分の胸が小さいとコンプレックスを抱いているようだが、実際にはCカップほどはあり、春樹には充分すぎる豊かさだった。

ブラジャーごと揉《も》んでいると、芳江の腰はいっそう大きく揺れはじめた。

「んんっ……んんんんっ……ぁあああ……」

芳江は顔をのけぞらせながら、ズボンを突きあげるイチモツを、気持ちをぶつけるようにしごいてくる。

春樹はいったん愛撫をやめて、ベルトをゆるめ、ズボンをブリーフごとさげた。

下腹を打たんばかりにいきりたつ肉の塔を見て、芳江がハッと息を呑むのがわかった。

硬直に視線を釘付けにされたまま、すっと前にしゃがんだ。

おずおずといきりたつものに指をまわして、確かめるようにしごき、

「硬いわ……主人より、ずっと……」

息を弾《はず》ませて言って、邪魔になる長い黒髪をかきあげた。

少し顔を傾けて、亀頭部《きとうぶ》にチュッ、チュッとキスをする。いったん見あげて言った。

「このこと、内緒にしてくださいね。主人には絶対に」

「わかっています。大丈夫です。俺は芳江さんの味方ですから」

きっぱり言うと、芳江は安堵《あんど》の表情を浮かべた。

片膝《かたひざ》を床に突いて、尿道口をちろちろと舐《な》めてくる。それから、顔を傾けて、裏筋を舐めおろしていき、睾丸《こうがん》との境目から、なぞりあげてくる。

それを数回繰り返して、亀頭冠《きとうかん》の真裏の包皮小帯を丹念《たんねん》に舌で愛撫する。

裏筋の発着点である敏感な箇所《かしよ》をちろちろと舌先であやされ、チューッと吸われた。

春樹はその陶酔感《とうすいかん》にうっとりして目を閉じる。

次の瞬間、温かく濡れたものが、イチモツを包み込んできた。

見ると、芳江がイチモツを途中まで頬張《ほおば》ったところだった。

しかも、裏側を舌が強く擦《こす》ってくるので、分身がさらに力を漲らせる。

それがギンとしてくると、芳江はゆっくりと唇をすべらせはじめた。そのスピ

ードがどんどんあがって、

「ぁあぁ……」

春樹はもたらされる歓喜に、顔をのけぞらせた。

鉄骨組みの天井が見えて、それが快感で霞《かす》んでくる。

魚市場の施設で、人妻にフェラチオされる背徳感が、スリルに満ちた昂奮をもたらしてくれる。

あの短気な漁師に見つかったら、只《ただ》では済まないだろう。

だが、その怖さを凌駕《りょうが》するほどに、人妻にフェラチオされる快感は大きかった。

芳江はちゅっぱっと吐き出すと、唾液まみれの肉棒の側面に唇を当てて、ハーモニカでも吹くようにすべらせる。時々、チュッ、チュッとキスをする。

それから、春樹のズボンをさらにさげて、足先から抜き取った。

言われるままに足を開くと、芳江は姿勢を低くして、睾丸を舐めてきた。

上を向くようにして、皺袋《しわぶくろ》に舌を走らせる。そうしながら、屹立を強弱つけて握ってくれる。

その間にも、子宮の光は増して、白いTシャツの腹部が不気味なほどに光っている。

違和感を覚えて下を見ると、芳江が左側の睾丸を口に含んでいた。そのまま、引っ張ったり、舌をからませたりする。

（ああ、こんなことまで……！）

これまでのセックスで、キンタマを頬張《ほおば》られたことなどなかった。欲情した女性はここまで尽くしてくれるのだ。

驚いている間にも、芳江はもうひとつの睾丸も口に含み、ねろり、ねろりと舌をからませてくる。

そうしながら、ますますエレクトした分身を握りしごいてくれる。当然、夫にもしているだろう。ここまで尽くされても、他の女のところに入り浸る夫の気持ちが理解できない。

芳江はキンタマを吐き出し、裏筋をツーッと舐めあげてきた。そのまま上から本体に唇をかぶせてくる。

今度は一気に根元まで咥えて、ぐふっ、ぐふっと噎《む》せた。

それでも厭《いと》わないで、奥まで頬張っている。それから、ゆっくりと顔を打ち振って、唇と舌で硬直をしごいてくる。

長い髪が乱れて、それが顔を隠す。邪魔だろうに、芳江は一心不乱にしゃぶってくれる。

口腔《こうこう》は温かく濡れて、唇はソフトだが、適度な圧迫感がある。

甘い快感が徐々にふくらんできて、春樹は早くも挿入《そうにゅう》したくなった。それをこらえていると、芳江は右手で根元を握り込んできた。

搾《しぼ》るように根元をしごきたてながら、亀頭冠を中心に唇をすべらせる。なめらかな唇と舌が、敏感な亀頭冠とその裏を往復する。

そのリズムが速くなるにつれて、居ても立ってもいられない高揚感がせりあがってきた。

「芳江さん、そろそろ……」

伝えると、芳江はちゅるっと吐き出して、どうしたらいいの、という顔で見あげてくる。その潤んだ目と上気した顔がたまらなかった。

芳江を立ちあがらせ、スキニーパンツとベージュのパンティに手をかけて、一気に引きおろした。

黒々と繁茂《はんも》した長方形の陰毛が、子宮の明かりで立体的に浮かびあがっている。それに見とれながら、足先から抜き取っていく。

芳江を壁に凭《もた》れかかせて、すらりとした片足を持ちあげた。

腰のあたりまで膝を持ちあげながら、下腹部に顔を寄せようとすると、

「いけません……汚いわ」

芳江が眉根《まゆね》を寄せて、顔を左右に振った。

「大丈夫。芳江さんのここは、いい匂いがする。汚れてもいない。余計なことを考えなくていいです。これは、さっき俺のキンタマをしゃぶってくれたお返しです」

きっぱりと言う。

芳江は、顔をそむけているが、半ばそれを覚悟したようだった。

春樹は下に潜り込むようにして、翳《かげ》りの流れ込むあたりを舐めた。そこはすでに、見てわかるほどに愛液をあふれさせていて、ぬるり、ぬるりと舌がすべり、

「……ぁああ、いやぁあああ」

芳江は顔をのけぞらせながら、激しく左右に打ち振る。

だが、それとは裏腹に、喜色満面である。

何度も粘膜に舌を走らせるうちに、

「ぁああ、あああ……こんなこと、こんなことダメ……ダメ……ぁあうん」

芳江は逃がしていた腰を逆に突き出してきた。

壁に凭れながら、下腹部をぐいぐい擦りつけてくる。その上方で、子宮に棲みついた海蛍が眩《まぶ》しいくらいに発光している。

春樹は片足を持ちあげながら、狭間《はざま》の粘膜を舐め、上方のクリトリスに舌を這《は》わせる。柔らかな翳りとともに突起にも、舌を上下左右になすりつけ、強く吸った。

「はんっ……！」

芳江はひときわ高い声を放ち、離すと、がくん、がくんと腰を躍らせる。

また突起を舐め、吸う。それを繰り返すうちに、おびただしい淫蜜が内腿を伝って、光るほどにあふれだし、

「あああ、そろそろ、それを……」

芳江が春樹の勃起《ぼっき》を見た。

3

青いビニールシートがかけられたパレットの前に行く。

数段積まれたパレットにあがった芳江を四つん這いにさせて、腰を後ろに引き

寄せる。

白いTシャツを着た芳江の下半身は丸出しで、上半身に較べて豊かに実ったヒップが、常夜灯の明かりを受けて、妖《あや》しい光沢を放っていた。

春樹は周囲を見まわし、耳を澄ませて、人けのないことを確認した。

「もう少し、腰を後ろに」

芳江に尻をいっそう突き出してもらう。尻たぶの割れ目の下に、鶏頭《けいとう》の花のような肉びらがひろがっている。

春樹はいきりたつものに手を添えて、かるくすべらせ、濡れている肉花の中心をさがした。潤《うる》みきっているところに切っ先を押し当てて、慎重に進めていく。

最初は上手く入らなかった。それでも、強引に力を込めると、切っ先が狭い箇所を突破していく確かな感触があって、

「あっ……くうぅぅ」

芳江はつらそうに呻《うめ》いて、顔を撥《は》ねあげる。

亀頭部は潜り込んでいる。そのまま突き出すと、それがとても温かい粘膜をこじ開けていって、

「はうぅぅ……」

芳江が青いビニールシートを握りしめた。

分身が潜り込んだ膣《ちつ》のなかは、熱いと感じるほどに火照《ほて》り、煮詰めたトマト同然にぬかるんでいて、まったりとした粘膜が、侵入者を歓迎するように包み込んでくる。

ふっくらとして肉厚なびらびらが、イチモツの根元にからみついてくる。

ほぼ根元まで打ち込んだ状態で、春樹は動きを止めて、暴発をこらえた。しばらくすると、

「ぁあああ、ちょうだい。動かしてください」

芳江が自分から腰を前後に振って、せがんでくる。

春樹は奥歯を食いしばりながら、ゆっくりと浅く抜き差しをする。

自然にストロークの幅が大きくなり、気づいたときには、深いところに届かせていた。

奥のほうの扁桃腺《へんとうせん》みたいなふくらみが亀頭冠にまとわりついてくる。盛りマンの肉土手がクッションになって、それを感じながら押し込んでいくと、甘い快感がうねりあがってきた。

白いTシャツが腰のくびれを際立たせている。

引き締まったウエストをつかみ寄せて、さらに強く打ち込んだ。すると、芳江はこれを待っていたとでもいうように、

「……ぁあああ、へんになっちゃいそう……あんっ、あんっ、あんっ……」

甲高《かんだか》く喘《あえ》いだ。

そして、芳江の子宮に棲む海蛍はいっそう青白く発光して、薄暗い倉庫で人魂のように光っている。

これが見抜けるから、以前と違って、春樹は自信が持てるのだ。

パン、パン、パンっと音が出るほどに強く腰をぶつけると、

「あっ、あっ、ぁあああぁぁ……」

芳江の喘ぎ声が倉庫のなかに響いた。

右手でTシャツをめくりあげながら、胸をつかんだ。揉みしだき、ブラジャーを押しあげる。

こぼれでてきた乳房をつかみ、その柔らかなふくらみを味わった。

硬くなっている中心に触れて、つまんだ。右手の親指と中指で両側から挟み、くりくりっと転がす。

「ぁああん、それ……ぁあああ、あああ、弱いの……それ、弱いの……あうぅぅ」

芳江がのけぞりながら、くいっ、くいっと膣を締めつけてくる。

「あ、ぐっ……！」

春樹は締めつけをこらえて、さらに乳首を攻める。

周囲を円を描くようになぞると、

「ぁあああ、あああああ、触って……じかに触ってください」

切なげに尻を振って、芳江が求めてくる。

春樹はふたたび突起をつまんで、左右にねじった。やはり、これが感じるのか、

「んっ……んっ……ぁぁあああ、いいの、へんになる。わたし、へんになる……突いてください」

芳江が尻を突き出して、せがんできた。

春樹は右手で乳首をつまみながら、腰を動かす。

カチカチになった乳首を捏《こ》ねまわし、下からくいっ、くいっと屹立を押し込んでいく。

「ぁああ、それ……あんっ、あんっ、あんっ……いいの、いいのよぉ……ぁあああ、もっと、もっと奥まで来て……わたしをメチャクチャにして！」

芳江はなりふりかまわず、自分から腰をぐいぐいと擦りつけてくる。

春樹は乳首を強くつまんで、圧迫しながら、捏ねる。

ついには、両手で左右の乳首をつまみ、千切《ちぎ》れんばかりに引っ張って、腰を打ち据《す》えてくる。

「あんっ、あんっ、あんっ……ぁあああああ、いいの。いいのよぉ。もっと、もっとイジめて」

芳江が訴えてきた。

きっとマゾ的な体質なのだろう。だから、漁師の荒々しい逞しさに惹かれたのだ。

基本的に男はS（サド）で女はM（マゾ）――春樹のこれまでの少ない体験でも、何となくそれはわかる。

芳江が右手を後ろに差し出してきた。

春樹はその腕をつかみ、二の腕を握りしめて、引き寄せながら、怒張《どちょう》を思い切り叩き込む。

「そうよ、そう……あんっ、あんっ、あんっ……ぁああ、お臍《へそ》まで届いてる。おチンチンがわたしをイジめるのよ」

腰を後ろに突き出しながら、半身になった芳江がすっきりした眉《まゆ》を八の字に折って、苦痛とも快楽ともつかない横顔をみせる。

子宮の海蛍は煌々と光を放ち、そこだけが明るい。

右腕をがしっとつかんで、のけぞるようにして、屹立を叩き込んだ。

パン、パン、パンッと乾いた音が響き、そこに、

「あんっ、あんっ、あんっ……イキそう……イキます！」

芳江のさしせまった声が重なる。

「いいですよ。イッて……そうら」

春樹はつづけざまに突きあげる。

奥まで届かせるたびに、甘い陶酔感がふくれあがってきて、もはや春樹はこらえきれない。

射精覚悟で打ち込むと、芳江はもうどうしていいのかわからないといった様子で首を振り、のけぞり、わめく。ついには、

「あんっ、あっ……イキます。イッちゃう。恥《は》ずかしい……イク、イキます……ぁあああ、イクぅ……！」

芳江は、背中をこれ以上は無理というところまで反《そ》らして、がくん、がくんと

躍りあがった。

4

春樹はまだ射精していない。

それを確かめた芳江が積極的に動いた。

春樹は言われるままに、木製パレットを覆《おお》うビニールシートの上に、仰向《あおむ》けに寝ころんだ。下半身は丸出しで、いまだに元気な分身が臍に向かって、そそりっている。

シートが重ねて敷きつめられているとはいえ、背中に硬いものを感じる。しかし、痛いというほどではない。

芳江は人けがないことを確かめて、Tシャツを脱ぎ、ブラジャーを外した。

絶頂に昇りつめたにもかかわらず、全裸の芳江の子宮は青白く強烈に光っている。一度気を遣《や》ったくらいでは、情欲の炎は消えないようだ。

芳江は春樹をまたいで、上体を寄せてきた。

乳房は控えめではあるが、形よく盛りあがり、濃いピンクの乳輪から乳首が三角に尖《とが》っている。

芳江がぐっと胸を近づけてきた。胸を舐めてほしいのだろう。春樹は下から乳房を揉みしだき、片方の頂点をかるく口に含んだ。含みながら、ゆっくりと舌を当てるうちに、乳首は一気に硬くしこってきた。

体積を増した突起を静かに舐めあげる。何度も舌を縦に使うと、

「ぁあああ、ああぅぅぅ……ぁああ、いいのよ……気持ちいい。ぁあああうぅぅ、もっと、もっと強くしてください」

芳江がせがんで、胸のふくらみを押しつけてくる。

春樹は両方の乳房をつかむ指に力を込める。荒々しく揉みながら、片方の乳首を吸った。

チューッと吸引すると、口腔に乳首が伸びてくる。その強い刺激がいいのか、

「ぁああ、それ……くうぅぅ、あっ、あっ、あん……ぁうぅぅ」

芳江は顔をのけぞらせる。

唾液まみれのピンクの突起を、今度は一転してやさしく舐める。周囲に舌をまわすようにして、徐々に半径を狭めていく。舌の一部が乳首に触れて、

「ぁあん……欲しい。これが……」

芳江は勃起を握ってくる。

挿入する前に、もう一度しゃぶってほしい。

「シックスナインしたいんだけど」

提案する。

「あまり見ないでくださいね」

そう言いながらも、芳江は身体の向きを変え、春樹に尻を向けて、またがってきた。

もう待ちきれないとでもいうように、春樹のイチモツを一気に口に含んだ。

先っぽから根元へと唇をすべらせる。

往復する度に、尻も揺れて、三十二歳の充実しきったヒップの割れ目があらわになり、欲情した女の器官が見える。

ふっくらとした肉びらが左右にひろがって、内部の赤くてかつく粘膜がのぞいていた。そこは子宮の発光によって、妖しく浮かびあがっている。

春樹は分身を包み込む温かい口腔の快感に酔いながら、芳江の尻を引き寄せた。間近にせまってきた媚肉《びにく》に舌を走らせる。

顔を持ちあげて、濡れた狭間《はざま》を舐めあげると、

「んんんっ……！」

芳江は肉柱を頰張ったまま、くぐもった声を洩《も》らす。

谷間を舐めるうちに、女の肉びらもひろがって、粘膜がもっとでもいうように、うごめいた。

海棠の力で内側から照らされた花芯はてらてらと光り、複雑に入り組んだ内部がつぶさにわかる。

そこに尖らせた舌を押し込んだ。

膣口をひろげておいて、抜き差しをする。

「んんっ……ぁあああ、もうダメっ……できないわ。感じすぎて、咥えていられない。ゴメンなさい」

芳江は屹立を握り、しごく。

春樹は膣から舌を抜いて、そのまま下方にあるクリトリスを攻めた。

包皮を剝《む》いて、あらわになった珊瑚色《さんごいろ》の突起を、舌を上下左右に動かして、弾《はじ》いた。

強めに擦りつけてやると、それがいいようで、

「ぁあああ、もうダメっ……したくてたまらない。ぁあああ、あああぁ、吸ってく

ださい」

芳江に求められるままに、クリトリスを口に含んだ。チューッと吸うと、

「あああああ……！」

嬌声《きょうせい》をあげて、芳江は肉棹《にくざお》にすがりつくように、ぎゅっと握りしめてくる。

肉芽《にくが》を吸っては吐き出す行為を繰り返していると、芳江はもうにっちもさっちもいかない様子で、勃起を頬張り、根元をしごきたて、

「ああ、もう、したい……したいのよぉ」

切実に訴えてくる。

「いいですよ。このまま、入れてください」

春樹もつながりたくなって言う。

芳江が上体を立てて、そのまま進んでいき、後ろ向きのまま屹立を握った。手を添えて、導き、慎重に腰を沈めてくる。

ギンとした亀頭部がとば口を割って、少しずつ嵌《は》まり込んでいき、

「ああうぅ……硬いわ」

芳江は背中を立てて、気持ち良さそうな声をあげた。

しばらく、じっとしていると、もう我慢できないとでもいうように、芳江が腰

を振りはじめた。

またがったまま、ゆっくりと腰を前後に揺する。勃起しきったものが温かい粘膜を擦り、腰が揺れるたびに、揉みしだかれる。

いきりたった肉柱が前後に揺れ、切っ先が奥のほうをぐりぐりと捏ねているのがわかる。

ゆっくりだった腰振りが徐々に速く、大きくなって、その揉み抜かれる感触がたまらなかった。

すると、芳江は膝を立てて、上下に腰をつかった。

薄明かりに仄白《ほのじろ》く浮かびあがった尻が縦に動き、そのピッチが徐々にあがる。

「んっ……んっ……んっ……」

リズミカルに尻が揺れて、

「あんっ……あんっ……ぁああ、奥に来てる……止まらない。止まらないの」

芳江の腰振りが激しさを増し、腰が落ちてくる瞬間を見はからって、春樹がぐいと突きあげてやると、

「うはっ……！」

芳江は大きくのけぞり、がくがくと震えながら、前に突っ伏していった。

そのままぐったりして動かない。

春樹の足に乳房が触れる状態で折り重なっているので、尻が突き出されて、その中心に蜜まみれの肉柱が嵌まり込んでいるのがはっきりと見える。

子宮に棲む海蛍の発光を受けて、丸々とした尻もボーッと明るく光っていた。

芳江がゆっくりと前後に動きはじめた。濡れた勃起をおさめながら、柔らかな乳房を足に擦りつけてくる。

角度的におチンチンが外れそうだった。それでも、芳江はそれを巧みに体内におさめつつ、乳房を押しつけて、

「ぁああ、ああああ、いいのよ」

心から感じている声をあげ、密着した形で前後に動く。

そのとき、何かがぬるりと向こう脛《ずね》を這うのがわかった。

(何だ……？)

斜め横から覗《のぞ》くと、芳江が足を舐めているのだった。

長い舌をいっぱいに出して、脛をなぞっている。身体を上方へとずらしながら向こう脛を足首のほうへと舐めあげ、足首から膝に向かっておろしてくる。

「気持ちいいですか？」

芳江が訊《き》いてくる。

「はい……ぞくぞくします。でも、悪いから、そこまでしなくても……」

「いいんですよ、わたしの気持ちだから。あなたがわたしを救ってくれた、そのお礼……」

そう言って、芳江は丹念に何度も脛を舐めてくれる。

肌が粟立《あわだ》つほどに気持ちいい。きっと、ここは弁慶《べんけい》の泣きどころと言われるほどに、皮膚と骨が接近しているから、感触が伝わりやすいのだろう。

(女の人って、こんなこともしてくれるんだな)

自分がこれまでしてきたセックスは、ただクンニして、しゃぶってもらって、挿入するだけだった。きっと、別れた彩奈も単調なセックスに飽き飽きしたのだろう。

眼前には、異様な光景がひろがっている。

芳江の豊かな尻の谷間には、茶褐色の皺《しわ》を集めたアヌスの窄《すぼ》まりがはっきりと見える。そして、自分の肉棹が膣口に沈み込み、出てくる様子もありありとわかる。

芳江は恥ずかしいはずだ。にもかかわらず、春樹を気持ち良くさせようと、精一杯尽くしてくれている。

セックスの奥深さを思い知らされる。

自分はこれまであまりにも単調なセックスに終始していた。

「ぁあぁん……ぁあぁぁぁ」

芳江は低く喘ぎながら、脛を舐め、乳房を太腿に押しつける。そうしながら、膣でも肉柱を摩擦しつつ包み込んでくれる。

「ああ、気持ちいいです。天国です。こんなこと、されたことはなかった」

思わず言うと、

「よかったわ……男の人に悦《よろこ》んでもらうと、わたしもうれしいんですよ」

そう言って、芳江はしばらく足舐めをつづけた。

それから、上体を立てて、ゆっくりと時計回りにまわり、いったん横を向いた。身体が直角に交わる形で、腰を振る。

挿入感覚が変わって、すごく深いところに届いているのがわかる。

それに、真横から見る長い髪を張りつかせた顔や、ツンと先の尖った乳房のライン、ほっそりしたウエストから急激にボリュームを増すヒップを振る姿は、途《と》轍《てつ》もなくエロチックだった。

芳江は半回転して、正面を向いた。

手を前と後ろに突いて、腰だけを打ち振る。ローリングさせるような腰づかいで、勃起が揉み抜かれる。

「ぁああ、ああああ……ひさしぶりなの。もう何カ月もしていなかったのよ。だから、きっとこんなに感じるんだわ」

芳江がつづけた。

「主人はわかっていないのよ。何カ月も放っておかれた女の身体が、どうなるかをしらない。欲しくて、欲しくて、何も手につかなくなるのよ。頭もぼうっとしてしまって、子宮が疼くの。恥ずかしいわ。井沢さんは、そんなわたしの寂しさを見抜いた。そうよね？」

「……ええ。何となく、ですけど」

子宮のあたりがピカピカ光っていたからだとは、明かせない。

「今夜、あなたに逢えてよかった」

芳江は潤んだ瞳で慈《いつく》しむように見て、前に倒れ込んできた。

覆いかぶさって唇を合わせ、唇を吸いながら、腰をくいっ、くいっと、しゃくるようにつかい、屹立を揉み込んでくる。

春樹はもたらされる歓喜に、ただただ酔いしれた。

芳江が顔をあげて、垂直に上体を立てる。

春樹も腹筋運動の要領で上体を立てて、座位の形を取る。

セックスには疎《うと》い春樹だが、このくらいはできる。

対面座位の形で両手を背中にまわし、少し距離を取って、乳房にしゃぶりついた。尖っている乳首に吸いつき、舐め転がした。

「ぁああ、気持ちいい……ほんとうに気持ちいいの……ぁあああ、ああうぅぅ」

乳首を頬張られながら、芳江はのけぞるようにして、腰をつかう。

くいっ、くいっと腰をしゃくりあげて、屹立を奥へと導き入れながら、

「ぁああ、あああぁ……ねえ、イキたくなった。イカせて、お願い」

せがんでくる。

髪は乱れて、陶酔した目はぼうっと霞《かす》み、その涙ぐんだ目が、春樹をいっそうかきたてる。

春樹は両手を背中にまわし、慎重に芳江の上体を後ろに倒していく。

青いシートに仰向けに横たわる白い裸身を見ながら、春樹は膝を抜いて、上体を立てた。

「背中は痛くないですか？」

確かめると、

「ええ、大丈夫……やさしいんですね。うちのなんか、ただ乱暴なだけで……」

芳江が見あげてくる。

「漁師さんですから、そのくらいの強引さがないと、海と戦うことができないんですよ」

「……ほんとうに、やさしいのね」

芳江が微笑んだ。

倉庫の常夜灯や非常口の明かりが、ぼんやりと芳江の裸身を浮かびあがらせていた。それ以上に、下腹が青白く光って、芳江の欲情を伝えてくる。

春樹は両膝の裏をつかんで、開かせながら、太腿を押しつける。

青いシートを背景に、大きくM字開脚された芳江の下腹部がいっそう輝きを増して、眩しい。

もうイキたくて仕方がないのだ。

パレットの上に両膝立ちになって、春樹はゆっくりと腰をつかう。

動きが遅いぶん、粘膜のからみつきをつぶさに感じることができる。そして、

浅瀬から奥へとすべり込ませていくと、

「ぁあああ、あああああ……いい。いいの。いいんです……ぁあうぅぅ」

芳江が顎《あご》をせりあげて、快感をあらわにする。

春樹は徐々に打ち込みのピッチをあげながら、倉庫のなかを見まわす。

破れて修理中の大きな魚網がオブジェのように一面に垂れ下がった、プラスチックや発泡スチロールの箱が山積みされ、フォークリフトも数台置いてある。

魚市場の倉庫で、漁師の妻と身体を重ねるとはつゆとも思っていなかった。

(ここに移ってきてよかった。東京ではこんなこと絶対に体験できない)

深いストロークに切り換えると、春樹も甘い陶酔感がふくれあがってくるのを感じた。

ごく自然に、膝裏をつかむ指に力がこもってしまい、指が食い込むほどに強くつかんでいた。

これだけ無残に大股開きされ、膝の裏をぎゅっとつかまれたら、恥ずかしいし、痛いだろう。

だが、芳江にとっては、それも一種の快感のようで、急激に高まっていく。

春樹は上から打ちおろし、途中でしゃくりあげるように腰をつかう。このほうが、奥まで擦りあげていく感触がある。

切っ先が奥まで届くたびに、

「あんっ……あんっ……あんっ」

芳江は甲高く喘ぎ、その声が倉庫に響きわたる。

ぐいっ、ぐいっとつづけざまに、深いところに届かせた。下腹部に生まれていた熱の塊《かたまり》がふくれあがり、それが春樹を急がせる。

「あっ、あっ、ぁああぅぅ……」

芳江は両手で青いシートが皺になるほどにつかんでいた。打ち込むたびに、乳房がぶるん、ぶるるんと波打ち、顔がのけぞる。

子宮の位置を示す青白い光が眩しいほどに放たれ、それが春樹に、これでいいのだという確信をもたらしてくれる。

同じやり方で、打ちおろしながら、しゃくりあげる。

濡れた粘膜がまったりとからみつきながら、イチモツを締めつけてきた。

「あんっ、あんっ……ぁああ、ゴメンなさい。わたし、またイクわ……いいのね。イッていいのね」

芳江が今にも泣きだしそうな顔で、訴えてくる。

「イッてください。俺も出していいですか？」

「いいわよ。わたしは妊娠できないの。だから、ください。いっぱい出していいのよ。ぁあぁ、欲しい！」

「行きますよ」

春樹はスパートした。

残っていた精力をすべて動員して、力強く怒張を叩き込む。膝裏をぎゅっとつかんで足を開かせ、漆黒《しっこく》の翳りの下に濡れた肉棹を叩き込む。

「あんっ、あんっ、あんっ……ぁあああ、イキます。イク、イク、イッちゃう……やぁあああああ！」

芳江がのけぞりながら、絶叫した。

倉庫のなかに響きわたる絶頂の声を聞きながら、駄目押しとばかりに奥まで打ち込んだとき、

「うわっ……！」

春樹も男液を放っていた。

精液をしぶかせながら、春樹ものけぞる。

ぴたりと下腹部を押しつけ、精液を奥に向けて、発射する。

芳江はがくっ、がくっと細かく痙攣《けいれん》していたが、春樹が打ち終えると、精根尽き果てたように動かなくなった。

精液をもらったことで満足したのか、子宮の明かりが見る見る薄くなり、やがて、完全に消えた。

第三章　思いやりナースの後始末

1

一週間後、井沢春樹は胸をときめかせながら、木村芳江の家に向かっていた。

今夜、時間があったら家に来てほしいと、芳江から連絡があった。

『ご主人はいらっしゃらないんですか？』と訊ねると、『さっき着替えを取りに来て、すぐに出ていったから、しばらくは絶対に家には戻らない』と言う。

それを聞いて、春樹は行くことにした。

夫と鉢合わせはしたくない。

芳江も、夫にばれたら何をされるかわからないと言っていた。だが、彼女が今夜は絶対に大丈夫だと言うのだから、安心していいだろう。

午後七時に春樹は家を出て、港につづく坂道をおりていく。あいにくの雨で、傘をさした。雨が降ると、坂道はすべりやすくなる。慎重に歩を進めた。

今夜はスナック『ゆうこ』に寄らず、まっすぐに、教えられた芳江の住居に向かう。

なるべく人目に触れないように、ビニール傘の中でもうつむいて歩いた。この雨で人出は少ないから、逢い引きには都合がよかった。

漁港から坂道を五分ほどのぼったところに、二階建ての質素な家があった。表札に『木村』と記してあるのを確かめて、インターホンを押す。

すぐに、芳江が玄関の扉を開けて、周囲を見まわしながら、春樹を引き入れる。

三和土《たたき》には、ブーツや釣り竿《ざお》など、様々な道具が並べられており、ここが漁師の家であることを伝えてくる。

「濡れたでしょ。こんなときにゴメンなさいね」

芳江はそう言って、春樹の濡れた肩や背中をタオルで拭いてくれる。

カーディガンをはおり、ボックススカートを穿《は》いていて、この前見たときよりも、随分と女らしい雰囲気だった。

そして、照明が点《つ》いた家のなかでも芳江の子宮あたりは、十分わかるほどに発光していた。

一週間、性欲を我慢したのだと思った。それでも、これ以上はこらえきれずに、あれほど警戒していた、家で春樹に抱かれるという危険を冒したのだ。

廊下で芳江が振り返って、春樹の胸に飛び込んできた。

「すみません、家まで来ていただいて……わたしが井沢さんの家に行くと、目立つから……わたし、もうあれから、ここが……」

芳江は春樹の手をつかんで、光っている部分の少し下に導いた。

春樹はスカートをたくしあげて、なかに右手を差し入れる。太腿《ふともも》の奥のパンティの基底部をすくいあげると、

「んっ……！」

芳江がびくっとして、しがみついてきた。

パンティの基底部はそれとわかるほどに湿っていて、そこを中指でなぞりあげると、

「ぁあああ、もう、ダメっ……」

芳江ががくがくと震えながら、ぎゅっと抱きついてきた。

その手がおりていって、ズボン越しに股間のイチモツをなぞる。

芳江がアソコを濡らすほどに自分を待っていたと知ったときから、春樹の分身

はギンといきりたっている。

「硬いわ。すごく硬い……お茶を出すつもりだったのに、ゴメンなさい。我慢できないの……」

芳江が春樹の手を取って、前を歩いていく。

和室の襖《ふすま》を開けると、畳にはすでに一組の赤い布団が敷いてあり、天井の照明は消され、行灯《あんどん》の明かりがぼんやりと赤い布団を浮かびあがらせていた。

「夫婦の寝室は二階にあるの。ここは客室だから……」

芳江が言い訳がましく言う。

やはり、夫婦の寝室で他の男に抱かれるのは、ためらわれるのだろう。

芳江は突っ立っている春樹のベルトをゆるめ、ズボンとブリーフを脱がせた。

「横になってください」

春樹が布団に仰臥《ぎょうが》すると、芳江はスカートのなかに手を入れて、パンティをおろし、足先から抜き取った。カーディガンを脱ぎ、ブラウスの胸ボタンを上から二つ外した。

その格好で春樹の開いた足の間にしゃがみ、いきりたつものに顔を寄せてくる。

鋭角にそそりたつものを愛《いと》おしそうに握り込み、頬《ほお》ずりしてきた。そして、ゆっくりと上下に擦《こす》る。

「……男の人にはわからないでしょうけど、女はほんとうに子宮が疼《うず》くのよ。ジンジンと熱くなって、キュンとして……男のこれで突いてほしくなる。貫《つらぬ》かれたくなる。おチンチンの圧迫感が恋しくてたまらなくなる」

芳江は潤《うる》みはじめた目を向けた。

それから、茜色《あかねいろ》にてかつく亀頭部《きとうぶ》に包み込むようなキスをする。裏筋をツーッと舐《な》めおろしていき、付け根からねっとりと舌を這《は》わせて、なぞりあげてくる。

亀頭冠《きとうかん》の真裏の包皮小帯に、ちろちろと舌を打ちつけて、吸う。そうしながら、根元を握ってしごきあげる。

長い髪が枝垂《しだ》れ落ちて、時々、その効果を推《お》し量《はか》るように見あげてくる。

芳江は亀頭冠の突出部をぐるっと舐めて、舌で弾《はじ》く。

春樹はその快感に思わず呻《うめ》く。

すると、芳江は上から唇をかぶせてきた。

ゆっくりと顔を打ち振り、根元まで咥《くわ》える。

もっとできるとばかりに、陰毛に唇が接するまで深く頬張り、しばらくじっとして肩で息をする。

全体を女の口で覆《おお》われると、その温かく濡れた感触に、うっとりしてしまう。

このまま、おチンチンをずっと温かく濡れた口腔《こうこう》で包み込んでいてほしくなる。

芳江がゆっくりと唇を動かしはじめた。

往復運動のピッチが徐々にあがり、安らぎが昂奮に変わる。

「ぁあああ……これが恋しかったのよ」

芳江はいったん肉棹《にくざお》を吐き出して、上から唾を落とした。

亀頭部に命中して、とろっと垂れていく唾を、すくいあげるようにして舐めあげ、また頬張ってきた。

今度は、亀頭冠を中心に小刻《こきざ》みに唇を往復させながら、根元を握った指でしごいてくる。

「ああ、出そうだ……」

春樹がぎりぎりで訴えると、芳江は肉棹をちゅるっと吐き出した。

それから、スカートをたくしあげて、またがってきた。

足を開いた瞬間、漆黒《しっこく》の繊毛《せんもう》が見えて、その少し上が異様なほどに光っていた。スカートの外側にもその光が洩《も》れだして、目が眩《くら》みそうだった。

芳江はいきりたつものをつかみ、導いた。切っ先を濡れ溝になすりつけて、沈み込んでくる。

「くっ……ぁああああ……」

硬直が呑《の》み込まれていくと、芳江は顔をのけぞらせて、両手を胸板に突き、やや前屈みになりながら、腰を前後に打ち振って濡れ溝を擦りつけてくる。

それから、芳江は膝《ひざ》を立てた。

相撲の蹲踞《そんきょ》の姿勢で、足を大きくM字に開き、尻を上げ下げする。

「あんっ、あんっ……ぁあああ、気持ちいい……どうして、こんなに気持ちいいの？　へんよ。わたし、おかしくなってる」

そう言いながらも、腰づかいは止まらず、大きく打ち据《す》えると、ぴたん、ぴたんと乾いた音がして、

「あんっ、あんっ、あんっ……わたし、おかしい……もうイッちゃう……」

芳江が身悶《みもだ》えしながら、昇りつめようとしたときだった。

ピンポーン！

チャイムの音が家のなかに鳴り響いた。
ハッとして、芳江は動きを止める。
ピンポン、ピンポン――！
チャイムが乱打されて、男の大声がインターフォンから聞こえてきた。
「芳江、俺だ。開けてくれ。鍵を置いてきた……開けろよ、オラッ！」
つづけて、ガンガンガンと玄関の戸を叩く音が響いた。
「主人だわ……どうして？」
芳江は腰を浮かして、結合を外した。
「ここから逃げて、早く。見つかったら、殺されちゃう！」
芳江は掃《は》き出し用のサッシ窓を開ける。
春樹は真っ青になって、ブリーフとズボンを穿《は》いた。
その間に、芳江は玄関に向かい、春樹の靴を持ってきてくれる。
(見つかったら、殺されないまでもボコボコにされる)
春樹は怯《おび》えながら、靴を履《は》き、サッシ窓から庭に出る。
(もし、木村孝がこちらにまわってきたら、終わりだ)
祈る気持ちで、春樹は息を潜めた。

芳江が玄関ドアを開けたようだ。

「遅いだろが。何をしていたんだ！」

怒鳴り声が部屋のなかから聞こえてきて、春樹はすぐに走り出した。

（芳江さんは大丈夫だろうか？）

しかし、今は自分の身の安全を最優先に考えるべきだ。

明かりの点いた木村家を振り返った。まだ追ってくる気配はない。しかし、あの乱れた客間を見たら、木村は異変を感じて、何を仕出かすかわからない。

（なるべく、この家から遠ざかろう）

雨が激しくなって、春樹は自分の傘を忘れたことに気づいた。

しかし、どこにでもある安物のビニール傘だし、芳江が自分の買った傘だと言い張れば、木村はそれを信じるだろう。だいたい、そんな細かいところに気づく男だとは思えないが……。

春樹は遠ざかりたい一心で、雨に打たれながら、坂道を駆けおりる。

勢いがつきすぎて、止まらない。

スピードをゆるめないと危険だ。

踏ん張ったとき、雨で濡れた道路でずるっと足がすべった。

あっと思ったときは後ろに転倒して、後頭部がアスファルトに叩きつけられていた。

後頭部を打つとこうなるのだろうか、一瞬、ぐるっと世界がまわり、つづいて激痛が走った。

しかし、こんなところで倒れてはいられない。

本能的に立ちあがり、後頭部を手で確かめた。見ると、手にはわずかだが血がついていた。痛みもある。

左の手首も痛い。きっと、転んだときに手を強く突いて、負荷がかかったのだろう。

予想に反して夫が帰宅したことや、坂道で転んだのも、きっとバチが当たったのだ。

春樹は痛む右手を左手で支えて、ずぶ濡れになりながら坂道をおりる。

どうやら、木村孝は追ってこないようだ。しかし、芳江が心配だ。疑われて、殴られたりはしていないだろうか――。

ひとまず絶体絶命のピンチは脱した。

ホッとしたせいか、頭部と手首の痛みを強く感じる。

（頭を打ってしまった。病院に行ったほうがいいんだろうか？）

迷いながら、海岸道路をとぼとぼと歩いていると、軽トラックが横に止まった。

運転席の窓が開いて、女性が声をかけてきた。

「井沢さん？　傘もささないで、ずぶ濡れじゃないですか。腕も怪我しているみたいだし……どうかなさいました？」

心配そうに声をかけてくれたのは、釣り船民宿『一郎丸』の看板娘・橋本早紀だった。

先日、海蛍が現れた海岸で、いろいろと教えてくれた女性だ。バツイチの二十九歳で、その潑剌《はつらつ》とした仕事ぶりで、釣り人や民宿の客だけでなく、町でも人気者だった。

以前、釣りをはじめようかと思い立ち、相談したことがある。そのときの対応が丁寧《ていねい》で、熱意にあふれ、この人に教えてもらえるなら、釣りをはじめてもいいかなと思った。

早紀とここで出逢うとは――。

何かの縁を感じた。

「その坂道ですべって転んで……頭も打ったんで、どうしようかなと……」

春樹はこうなった原因や経緯《いきさつ》を省いて、事実を伝えた。

「えっ、頭を打ったんですか？」

「ええ、後ろに転んだんで……ガーンと世界が揺れました」

「それ、危険ですよ。とくに頭は……乗ってください。市民病院に行きましょう。あそこは夜間診療もやっています」

「でも、シートが濡れちゃいます」

「大丈夫よ。仕事柄、うちのは濡れてもいいように、ビニールカバーをかけてあります。乗ってください。早く！」

まさに神様の遣《つか》わした救世主だった。これを断ったら、神様に申し訳ない。

「……すみません」

春樹はドアを開けて、助手席に乗り込んだ。

「十分くらいかかるけど、応急処置とかしなくても大丈夫ですか？」

早紀が心配そうに訊《き》いてくる。

「後頭部に血が滲んでるから、シートを汚してしまうかもしれません」

言うと、早紀が『一郎丸』のロゴが入った白いタオルを差し出した。

「ああ、すみません。これ、買いますから」

「いいのよ、今はそんなことに気を使わなくても。じゃあ、出しますよ」

早紀がアクセルを踏み込む。

軽トラックは海沿いの道を走り、つづら折りの坂道をエンジンをいっぱいに吹かして、のぼっていく。

春樹は後頭部をタオルで押さえながら、横目で早紀を見る。

目鼻立ちのはっきりした、いかにも気の強そうな横顔は、ついつい見とれてしまうほどにととのっている。

その上、働き者で、親切で気がやさしい。

釣り宿の看板娘である理由がよくわかるし、離婚した男の気持ちはまったくわからない。

「風邪を引かないように、タオルで服を拭いたほうがいいですよ」

「ああ、はい、そうですね。このタオル、あとで洗濯して、お返しします」

「井沢さん、気を使いすぎよ」

「すみません」

会話をしていると、早紀のパーカーとジーンズの中間あたりが、ボーッと青白く光りはじめた。

さっきまで見えなかったのに、今は子宮のあたりが薄く光っている。

（よかった。頭を打っても、この能力は消えていなかった！）

同時に、気持ちが昂《たかぶ》った。この薄明かりは、早紀が自分に対して、それなりに性欲を抱いた証《あかし》なのか——。

軽トラックが市民病院に着いた。

このへんの住民の医療をほぼすべて請け負っている病院なだけに、三階建ての現代的な建物で、入院施設もある。

付き添うという早紀の厚意を丁重に断った。

春樹は貸してもらった傘をさして、夜間窓口に向かった。

2

診察を受けた結果、頭部はかるい外傷だけで、今のところＣＴを撮るほどではないというのが医者の見立てだった。念のため、このまま入院して、明日もう一度検査を受けて異常がなければ、退院できるという。

不幸中の幸いだった。目下のＷＥＢ制作の締め切りは明後日だから、明日退院できれば、どうにか間に合う。

深夜、春樹は病院のベッドに横たわっていた。二人用の病室だが、隣のベッドは空いている。

春樹は頭部に包帯を巻き、かるい捻挫《ねんざ》だという左手首は、湿布《しっぷ》をして包帯で固定されている。

家のベッドとは違うためか、まったく眠れない。

脳には異常がないという診断で、ホッとした。しかし、頭部打撃はあとで症状が出るケースもあるから、油断はできない。

目を閉じても、思い出すのは、芳江の夫の怒声だ。

どうして彼は帰ってきたのか。だが、これは人妻と不倫をしてはいけないという警告のような気がした。そう考えないと、この偶然は理解できない。

子宮の海蛍が見えるからといって、調子に乗りすぎた。だから、怪我をするという罰《ばつ》を受けたのだ。

(こんな能力、授《さず》からなければよかったんだ……)

落ち込みかけて、いや違う、と思い直した。

(俺は今、いろいろとあって弱気になっている。だけど、あんなに強く頭を打ったのに、自分の脳は硬い頭蓋骨で守られた。あの「海蛍の特殊な能力」だって失っていない。それに、絶望的な状況なのに、橋本早紀という救世主が現れた。つまり、まだまだ俺は見捨てられていないってことだ）

　診察を受けているときに、包帯を巻いてくれたナースの水田美栄《みずたみえ》の下腹部はすごかった。ボブヘアの似合うかわいい子なのに、白いナース服を通して、子宮が眩《まばゆ》いばかりに光っていたのだ。

　気になって話しかけたら、まだ二十三歳で、この病院に勤めて二年目だと言っていた。

『今日は非番だったんですよ。でも先輩が体調をくずして、急に夜勤を頼まれて……ほんと、ナースって勤務が不規則だし、いやになっちゃう……ああ、ゴメンなさい。患者さんの前で言うことじゃないですね。これはシーッね』

　美栄は愛らしく、人差し指を口の前に立てた。

　微笑《ほほえ》むと目尻に皺《しわ》が寄り、垂れ目になって、愛嬌《あいきょう》があった。

　こんな若くてキュートな子が、アソコから強烈な光を放っていた。エロチックに感じるのは当たり前だろう。

　ふとスマホを持っていることを思い出して、スマホのスイッチを入れた。

病室では、スマホによる通話は禁止されているが、治療器具から一定以上離れていれば、WEBなどを見てもよい。

WiFiは入らないから、通信の必要のないものを見ることにした。

スライドさせていくうちに、あるアイコンに視線が止まった。

それは、アダルトビデオのアプリで、春樹は基本、ストリーミングで見ているのだが、何本かはダウンロードしてあるから、通信を使わなくてすむ。

ナースものもあった。どうせ病室で見るのなら、ナースものがいい。音声は極力抑えれば、外に洩れることはないはずだ。

それは熟女ナースが次々とお気に入りの入院患者と、ベッドの上や屋上でいたすビデオで、女優のフェラチオがすごかった。

やたら長いタイトルの作品のスタートをタップすると、前に見たシーンの続きがはじまり、いきなり、屋上でのフェラチオが映し出された。

前に見たときには、この寸前で射精してしまい、そこで動画を止めた。

動画では白いナースキャップをつけた美熟女が、屋上で車椅子に座っている患者のイチモツを情熱的に頬張っている。

(ああ、フェラって最高なんだよな)

芳江の激しいフェラチオを思い出してしまい、春樹の分身は一気に力を漲《みなぎ》らせる。

左手はあまり使えないが、オナニー用の右手なら大丈夫だ。

布団を剝《は》いで、右手でブリーフを膝までさげた。

病衣はガウン式のものだから、やりやすい。いきりたつものを握った。

ゆっくりとしごきながら、手首に包帯を巻いた左手でスマホを持ち、映像を見ながら、しごく。

場面はすでにバックからの立ちマンに変わっていた。車椅子の患者が、じつはすでに立ちあがれることを隠していたという設定だ。

屋上の落下防止用の柵の網につかまった美熟女ナースが、後ろに突き出した尻の底をがんがん突かれて、『んっ、んっ、んっ……』と必死に喘ぎ声をこらえている。

春樹は今夜、芳江とセックスしながらも、射精できなかった。

そのせいだろうか、すぐに快感が押し寄せてきた。スマホから流れるナースの喘ぎが、『あんっ、あんっ、あんっ……』という、あたりを憚《はばか》らないものに変わっていた。

出そうだった。しかし、出すところがない。スマホから流れるナースの喘ぎが、最高潮に達しようとしている。

(どうしよう、どこに出す?)

サイドテーブルに載っていたティッシュボックスに手を伸ばそうとしたとき、いきなり病室のドアが開いて、ナースが入ってきた。

ペンライトを上に向けているので、病室はまだ薄暗い。

白い制服を着たナース服の下腹部が、無数の海蛍が集まったように強烈に光を放っていた。

水田美栄だった。美栄がその場で固まり、春樹の下半身を見て、大きな目をさらに見開いた。

「あっ……!」

春樹は我に返って、布団を引きあげる。

美栄が近づいてきて、スマホの映像を消す前に取りあげられた。

「いやだ……何、これ?　AVね。しかも、ナースもの……」

美栄が映像を見て、あきれたような顔をした。

「すみません。全然眠れなくて、だから……ゴメンなさい。これはあらかじめダウンロードしたもので、通信は使っていませんから。すみませんでした」

春樹は寝たまま、謝る。恥《は》ずかしくて、居たたまれない。

美栄がスマホの再生を止めて、春樹を見た。

「巡回って知ってる？　ナースが患者の異変をいち早く察知するために、病室をまわるの」

「入院したことがないので、あまり……」

「でしょうね。知ってたら、AV見てシコるなんてしないよね。とくに、あなたは頭部打撲で、何が起こるかわからないから……ドアを開けようとしたら、妙な声がかすかに聞こえて心配になって……そうしたら、これだものね」

美栄は大きな胸の前で腕を組み、見下すような目をした。

「すみませんでした。このことは他の方には報告しないでください。お願いします」

春樹はもう一度、必死に謝る。

「ううん、どうしようかな……井沢さん、異常ないよね。オナニーするくらいだし……呂律《ろれつ》もまわっているし。吐き気とか頭痛はある？」

「ありません」

「そう……待ってて」

美栄は入口まで歩いていき、ドアを閉めて、戻ってきた。それから、ベッドの周囲をU字に囲む遮断カーテンを内側から引いた。

水色のカーテンに囲まれて、二人だけの空間になった。

薄暗闇のなかで、白いナース服を通して、子宮のあたりが海蛍を刺激したときのように青白く光っているのがはっきりと見える。白い布で覆《おお》われた提灯《ちょうちん》のなかで、巨大なローソクの炎が燃え盛っている感じだ。

さっきより、ずっと発光が強くなっている。

それを見て、半勃起していたイチモツがまたグンと力を漲らせて、薄い布団を押しあげる。

それに気づいたのか、美栄は掛け布団を一気に剝いだ。

「あっ……！」

春樹はとっさに股間を手で隠す。

美栄がその手を外した。肉色の勃起が茜色《あかねいろ》の頭部をてからせて、下腹を打たんばかりにいきりたっている。

それを目の当たりにした美栄の大きな目がきらっと輝き、下腹部の海蛍も点滅するようにピカッと強い光を発した。

美栄はベッドに片膝を乗せて、右手を屹立に伸ばしてくる。

「えっ……？」

「平気。ここは角部屋だし、隣の病室は空いている。もうひとり夜勤のナースがいるんだけど、今はもう巡回を終わって、ナースコールが鳴らない限り、仮眠してるから」

そう言って、美栄はそそりたつ肉棒を握って、ぎゅっ、ぎゅっとしごいてくる。

「カチンカチン！　彼氏はこんなに硬くならないのよ。ほんとうは今夜はデートするはずだったのよ。なのに、急に夜勤をする羽目になって……」

「それは、つらいですね」

「そうよ。抱いてもらうつもりだったのに。だから、今夜は井沢さんがピンチヒッターでもいいかなって……」

納得した。そういう理由があって、美栄は子宮をピカピカに光らせていたのだ。しかし、ここはまず慎重に対応したい。

「でも、それじゃあ、彼氏に申し訳ない」

「大丈夫。バレなければ、いいのよ。バレなければ、浮気とはいえない。わたしはそう思っているのよ」

「でも、誰かに見つかったら？」

春樹には今夜、相手の女性の夫に不倫現場を目撃されそうになったという苦い経験がある。

「ふふっ……井沢さん、処置しているときから、わたしのアソコばかり見ていたくせに。ナースもののビデオをこっそり見ていたし、ナースが好きなんでしょ。その願いが叶うのよ。大丈夫よ。一時間くらいなら、絶対に見つからないから」

そう言って、美栄はナースシューズを脱いで、ベッドにあがった。

春樹の開いた片方の足をまたがるようにして、美栄が顔を寄せてきた。

「ほんとにギンギン……井沢さん、したくてたまらなかったんでしょ。ビデオを見るくらいなんだから」

肉棹をしごきながら、言う。

「……ええ、まあ、それは……」

「煮え切らない人ね。はっきりと、したかったと言いなさいよ」

「はい。したかった……水田さんと」

「そう、それでいいのよ」

美栄が亀頭部を舐めてきた。いっぱいに出した舌を先端の丸みに沿って走らせながら、根元を搾《しぼ》るようにしごきあげてくる。

「あっ、くっ……！」

分身が漲ってくる感覚に、春樹は目を閉じる。

次の瞬間、分身が温かい口腔に包まれるのを感じて、目を開けた。

深く咥えた美栄の唇から、肉柱の根元の数センチがかろうじて見えている。

欲しかったものを手にした悦《よろこ》びをぶつけるように、美栄は顔を打ち振り、唇をすべらせる。

春樹はうねりあがる快感に目を開けていられなくなって、瞑《つぶ》った。こうすると、美栄の唇のスライドや舌の動きをつぶさに感じることができる。

(ああ、気持ちいい……やっぱり、フェラは最高だ)

美栄は大きなストロークで速いリズムを刻み、口だけで追い込もうとする。

熱い陶酔感《とうすいかん》が込みあげてきて、身を任せた。

すると、美栄はちゅるっと吐き出して、ワンピースの白衣の裾《すそ》をまくりあげた。

白いパンティストッキングが下半身に張りつき、ピンクのパンティが透《す》けだしている。

美栄は腰を低くして、基底部を足に擦りつけてきた。

くいっ、くいっと腰を前後に動かすので、明らかに湿っているとわかる基底部の柔らかさを向こう脛《ずね》で感じる。

美栄は肉棹を握りしごきながら、小刻みに腰を振って、擦りつけ、

「気持ちいい？」

と、訊いてくる。こちらを見る目が、サイドテーブルの下方で光る常夜灯を反射させて、わずかに光る。

春樹には下腹部の海蛍の発光も見えて、制服を着たナースの、普通では絶対に現れることのない神秘的な光景に、見とれてしまった。

もちろん、子宮の放つ欲情の光に気づいていない美栄は、ふたたび顔を寄せて、勃起を頬張ってきた。

「んっ、んっ、んっ……」

何かにせかされるような速いピッチで肉茎に唇をすべらせる。

亀頭冠を中心に短いストロークで攻めたてられると、ジーンとした甘い陶酔感

がせりあがってきた。

「ああ、ダメだ。出てしまう」

思わず訴えると、美栄はいったん顔をあげて、訊いてきた。

「頭のほう、もう大丈夫？」

「ええ、まったく問題ないみたいです」

「それなら、シックスナインもできるよね？」

「ええ、できます」

美栄は後ろ向きにまたがってきた。ぐいと尻を突き出して、自分は下腹部の勃起を咥え込む。

春樹も枕を頭の下に置いて、顔を近づける。

透過性の強い白のパンティストッキングが光り、その奥にピンクのパンティが透けて見える。基底部には楕円形《だえんけい》のシミが浮きでていて、いかに美栄がオマ×コを濡らしているかがわかる。

春樹は右手の中指でそこをなぞった。

パンティストッキングの感触の下に、濡れているだろう柔肉《やわにく》が息づいていて、ぐにゃりと沈み込む。

そこを縦に撫でて、クリトリスらしき突起を、小刻みに指先を動かして刺激すると、

「んんっ……んんんっ……んっ、んっ、んっ……」

美栄は尻をくねらせて、気持ち良さそうに呻《うめ》くものの、分身を頬張りつづけている。

肉芽《にくが》を攻めているうちに、見る見るシミがひろがり、そこをなぞると、ぐちゅっと指が沈み込む。ひろがったシミを撫でていると、

「ねえ、じかに舐めて……パンストを破っていいよ」

肉棹を吐き出した美栄が、まさかのことを言う。

「手で破れるんですか？」

「大丈夫。引っ張っておいて、薄くなったところを指先で押せばいいのよ」

春樹は指示どおりにパンティストッキングを引っ張って、浮きあがった部分を指で押した。

力任せに爪を立てると、デンセンしたような切れ目ができて、そこに指を引っかけて左右に引っ張った。

すると、白いパンティストッキングがびりびりっと破れて、できた開口部をさ

らに大きくする。光が眩しい。

楕円形にひろく破れた箇所《かしょ》から、むっちりとした肌とピンクのパンティの一部がのぞいている。

そして、パンティの基底部はシミがひろがって、柔肉に密着し、その形状を浮かびあがらせている。

「ほら、できたでしょ？」

「はい……破れました」

「すごく昂奮するのよ。ねえ、舐めて、お願い」

美栄が尻を突き出してくる。

期待に応えて、春樹が食い込んでいるクロッチに舌を走らせると、

「ぁああ、いい……」

美栄は背中をのけぞらせて、小声で喘ぐ。

春樹が舐めつづけるうちに、唾液を吸い込んだ基底部はいっそう柔肉に張りつき、左右のびらびらの形や窪《くぼ》みさえもわかる。

「ああ、気持ちいい……じかに舐めてよ」

美栄が誘うように尻をくねらせた。

（こういうときは……）

春樹はＡＶで男優がやっていたことを思い出して、パンティの基底部をひょいと横にずらした。

（すごい……！）

甘酸っぱい性臭が散って、蜜にまみれた女陰《じょいん》がぬっと姿を現した。濡れてふくらんだ肉びらがめくれあがり、内部の鮮紅色の粘膜が顔をのぞかせている。

複雑に入り組んだ襞《ひだ》が妖《あや》しいほどの光沢を放ち、それと子宮の海蛍の光が輝かせ合っているのだ。

向かって右にずらした、細い布地が元に戻らないように引っ張りながら、狭間《はざま》を舐める。ぬるっと舌がすべって、

「ぁあああ……！」

美栄がかなり大きな声をあげた。自分もそれに気づいたのか、

「ゴメンなさい。もう声を出さないから」

そう言って、また肉棹に唇をかぶせてきた。確かに、こうすれば大きな声は出ない。

めくれあがったナース服、大きく引き裂かれて、ところどころデンセンした白いパンティストッキング、そして、横にずらしたパンティからのぞく濡れそぼった女の器官——それを子宮の海蛍が内側から浮かびあがらせているのだ。

神秘的で、エロい。

ナースの制服は男をかきたてる。

春樹は魅せられたように、狭間の粘膜に何度も舌を走らせ、下にある肉芽を丹《たん》念《ねん》に舐める。

多くの女性と同じく、美栄もクリトリスが強い性感帯のようだ。

「んんんっ……んんん……」

必死に肉棹を唇でしごいていたが、咥えていられなくなったのか、吐き出して、

「ああああ……いい。いいのよぉ……」

ボリュームを抑えた声で喘ぐ。

そして、いきりたちを指でしごきながら、

「ああ、もう無理……入れるわよ」

美栄は尻を持ちあげ、パンティの横の結び目を解いて、パンティストッキング

の裂け目から抜き取った。

それから、向かい合う形でまたがってくる。

3

美栄は蹲踞《そんきょ》の姿勢で足をM字に開き、そそりたつものを右手で握った。白衣の裾のなかに導き、いきりたちを濡れ溝に擦りつけた。ぬるぬると切っ先がすべり、位置を定めると、慎重に沈み込んでくる。

亀頭部が狭い入口を押し広げていき、ぐぐっと嵌《は》まり込んでいく確かな感触があって、

「んあっ……！」

美栄は低く喘いで、一瞬動きを止めた。

欲しかったものを受け入れた歓喜でしばらく震えていた。それから、ゆっくりと腰を縦に振りはじめる。

白いナース服に身を包んだ現役ナースが、春樹の腹の上で上下に跳ねている。

しかも、子宮の光はどんどん輝きを増して、白衣から洩れだし、その明かりも上下に揺れる。

美栄はベッドをぎしぎしと軋《きし》ませながら、

「んっ……んっ……あっ……あっ……あうぅぅ」

低い呻き声をスタッカートさせ、ついには長く喘ぎを伸ばしながら動きを止めて、がくん、がくんと震えた。

それから、両手を後ろに突き、のけぞるようにして、濡れ溝を擦りつけてくる。

足がM字に開かれ、制服の裾もずりあがっているので、子宮の光が太腿の奥の結合部をあからさまに照らしだしていた。

白いパンティストッキングが無残に破れて、太腿の途中から下腹部にかけて大きな開口部ができ、肌がのぞいている。そして、漆黒の翳《かげ》りを巻き込むようにして、肉柱が途中まで嵌まり込んでいるのが見えた。

美栄は上体をのけぞらせながら、腰を前後に打ち振る。

そのたびに、春樹の硬直は窮屈な肉路に揉み込まれて、締めつけられる。

「ぁああ、あああぁ……感じる。感じるよ……ぁああ、止まらない。腰が勝手に動くぅ」

そう口走りながら、美栄はくいっ、くいっと鋭く腰を前後に振る。

透過性の強い白のパンティストッキングに包まれた足は、大胆にM字開脚されて、その奥で海蛍が強い光を放っていた。

濡れ光る肉柱がぐちゅぐちゅと淫靡《いんび》な音を立てながら、出入りするさまがはっきりと見える。

ナースは患者のために尽くす、聖職者に近い存在、などと考えられたのは、一昔前のことだ。それでも、春樹の心の底には、『白衣の天使』というイメージが色濃く残っていて、ナースが子宮を光らせながら、患者の上で腰を振る姿には、ひどく昂奮してしまう。

美栄が上体を立てて、制服の前についているファスナーを下までおろした。まろびでてきたピンクのブラジャーがたわわな乳房を包み込み、丸々とした左右のふくらみが、中央でせめぎあっている。

美栄は制服から腕を抜き、腰までおろした。

背中のホックを外して、刺しゅう付きブラジャーを腕から抜き取っていく。あらわになった乳房を隠そうともせずに、前に屈んできた。

「ねえ、触って」

大きな目で、上からじっと春樹を見る。

こうして見ると、かわいくてキュートだ。さらさらのボブヘアがよく似合う、小悪魔的な表情をしている。

春樹は右手を伸ばして、片方の乳房をつかんだ。

グレープフルーツみたいな光沢を放つ乳房は、指が簡単に沈み込むほど柔らかくて、しかも、大きい。

乳房を揉みしだくと、ふくらみが形を変えて、

「ぁあああ……ぁあああ、感じる」

美栄はすっきりした眉《まゆ》を八の字に折って、快感をあらわにする。

そうしながら、腰を揺すって、春樹の分身を締めつけてくる。

春樹はこらえながら、乳首の周囲を円を描くように撫で、指先を少しずつ中心に近づけていく。指が乳首に触れると、

「んっ……！」

美栄はびくっとして、顔を撥《は》ねあげる。

乳首がすごく敏感だ。

右手の親指と人差し指で突起をつまみ、ゆっくりとなぞるように転がした。すると、見る見る乳首が硬く、せりだしてきて、

「ぁああ、我慢できない」

美栄は胸をゆだねながら、腰を振って、濡れ溝を擦りつけてくる。

子宮の光がどんどん強くなり、美栄がいかに感じているのかがわかる。この子宮のサインが見えるから、春樹は自分の愛撫に自信が持てる。

春樹はぐっと胸の下に潜り込んだ。

たわわなふくらみを引っ張りあげるようにして、乳首を舐める。いっぱいに出した舌でなるべくソフトに突起に舌を這わせる。

「ぁああんん、それ、気持ちいい……ぁああ、感じる。感じすぎる……ぁああ、はうぅぅぅ」

美栄は乳首を吸われながら、腰をくいっ、くいっと打ち振り、貪欲《どんよく》に膣《ちつ》での快感を貪《むさぼ》ろうとする。

春樹もここぞとばかりに、乳首に舌を走らせる。

左手を使えないのがもどかしい。

乳首を舐めながら揉んでいると、美栄が動きを止めて、言った。

「どう、頭のほうは大丈夫、異常ない？」

「はい、全然平気です」

「だったら、バックからして。イキたいの。バックだとイケるの」

そう言って、美栄が結合を外した。

春樹が体を起こすと、入れ違いに、美栄がベッドに這った。

両手と両膝を突いて、ぐっと腰を後ろにせりだす。

真後ろについた春樹は、目の前の光景に息を呑んだ。

白衣の裾がめくれあがって、白いパンティストッキングに包まれた下半身があらわになっている。しかも、パンティストッキングは下腹部が大きく裂かれて、ヒップが半分ほど露出し、内腿もひろく円形に破れている。

ぷりっとした尻の底には、そぼ濡れた花芯があらわになり、そこはおびただしい蜜でコーティングされたように光っている。

挿入《そうにゅう》する前に、春樹は周囲に人の気配がないかどうかを確認する。

耳を澄ませた。深夜の病院は不気味なほどに静まり返っている。

春樹はいきりたつものを尻たぶの底に押し当てる。右手で導き、沼地めがけてゆっくりと押し込んでいく。

入口は狭い。しかし、そこを突破すると、ぬるぬるっとすべり込んでいき、

「はうぅぅ……！」

美栄が背中をしならせる。

「あ、くっ！」

と、春樹も奥歯を食いしばっていた。

騎乗位とは違って、自分から打ち込んだという気持ちがあるせいか、満足感が大きい。

しかも、熱いと感じるほど内部がうごめき、肉棹にからみついてくる。

しばらくじっとしていると、粘膜が硬直をくいっ、くいっと内側へと吸い込もうとする。

「くっ……！」

春樹がその快感を味わっていると、

「ねえ、動いて……お願い、突いて……」

美栄がもどかしそうに腰をくねらせる。

それならばと、春樹は腰をつかんで引き寄せた。左手は添えるだけだが、右手は力が入れられる。

強くピストンしたら、あっという間に射精してしまいそうで、最初はゆっくりと浅く抽送《ちゅうそう》した。

「ぁああ、あああああ、感じる……感じるのよぉ」

美栄は声を抑えながらも、もどかしそうに腰を揺する。

奥に欲しいのだろうと、ぐいっと突き入れた。亀頭部が奥を打って、

「はんっ……！」

美栄が喘いで、顔をのけぞらせた。

つづけざまに奥に届かせると、

「んっ、んっ、んっ……ぁあああ、いいの」

美栄は徐々に姿勢を低くして、ついには両肘《りょうひじ》を突き、膝をひろげて、尻だけを高く持ちあげる。

この姿勢になって、挿入が深くなり、春樹も切羽詰《せっぱつ》まってきた。

美栄は枕に口許を押しつけて、喘ぎ声を抑えている。

(俺は深夜の病室で、ナースを抱いている！)

普通では決して叶わぬことを、春樹は実行している。

倉庫でも、漁師の家でもそうだった。

知らずしらずのうちに、強く叩きつけていた。

ベッドが軋み、美栄の背中が揺れ、子宮から放たれる青白い光はますます強く

なって、美栄が高まっているのがわかる。

ウエストをつかみ寄せて、深いストロークを叩き込んだ。

「んっ……んっ……んっ……！」

美栄は枕に顔を押しつけて、必死に喘ぎ声を押し殺している。そのくぐもった声が、春樹を昂《たかぶ》らせる。

いったんセーブして、浅瀬を短く突いた。

すると、それでは物足りないのか、美栄が自分から尻を突き出してきた。

「ぁああ、イキそうなの……強く突いて。イキたいの。イキたくて、頭がおかしくなる……イカせて、イカせてよぉ」

美栄がせがんできた。

「出していいの？」

訊くと、

「ピルを飲んでいるの。だから、いいよ、中に出して」

美栄が言う。

春樹は安心して、腰をつかう。

ウエストをぐいと引き寄せ、強く打ち据えた。パチン、パチンと乾いた音がし

て、

「んっ、んっ、んっ……ぁあああ、イキそう。イクよ。イクよ」

美栄が枕の両端をつかんで、訴えてくる。

春樹ももう我慢できそうにはなかった。残りのエネルギーを燃やして、つづけざまに打ち据える。

「んっ、んっ、んっ……ぁああ、イクよ。イク、イク、イッちゃう……！」

美栄がさしせまった声を放ち、背中をこれ以上は無理というところまでしならせる。

春樹の下腹部にも熱い快感の塊《かたまり》がふくれあがって、それが今にも爆《は》ぜようとしていた。

「イクぞ。出すよ」

「はい……出して……ぁああ、イク、イク、イッちゃう……」

最後の力を振り絞って、叩き込むと、

「うあっ……！」

美栄が凄絶《せいぜつ》に呻いて、一瞬のけぞり、がくん、がくんと背中を波打たせた。

昇りつめたのを確認して、もうひと突きしたとき、春樹も男液を放っていた。

すさまじい快感の電流が走り、射精の歓喜が体を貫く。

放ち終えると、美栄が力尽きたように、腹這いになった。

息をしているのもわからないくらいに、ぐったりとしているが、それでも下腹部が神々しく光っているのは発見だった。

美栄のエクスタシーからの回復は早かった。

すぐに起きて、サイドテーブルに置いてあるティッシュボックスから、ティッシュを取り出し、それを股間に当てて、精液を搾りだした。

陰部をきれいに拭いてから、丸めて、ナース服のポケットに入れる。

それから、春樹を仰臥させて、

「このままだとマズいから、口でお掃除してあげるね」

そう言って、力を失った肉棹を根元から舐めあげてくる。

そこに付着した愛液と白濁液を丁寧に舐め取り、最後には、もう一度、根元まで頬張って、舌をからませ、全体を清拭《せいしき》してくれる。

それから、ブリーフを穿かせて、

「これで、大丈夫……」

美栄は布団をかけてくれる。

（さすがナースだ。やっぱり、ナースはやさしいし、抜かりがない）

感心している間にも、美栄はブラジャーをつけ、紐パンを結んで、制服をととのえた。

その頃には、あれほど光っていた下腹の海蛍も姿を消していた。

ベッドを囲んでいたU字カーテンを開けて、

「このこと、誰にも言っちゃダメだからね」

美栄は唇の前に人差し指を立てる。

「わかってる。絶対に言わない」

春樹も断言した。

美栄は最後に、春樹の額《ひたい》にチュッとキスをし、ペンライトを点けて床を照らしながら、静かに部屋を出ていった。

第四章　魅惑的なバツイチ美女

1

井沢春樹は、しばらく家に籠《こ》もって、仕事をした。

すでに頭痛はないし、左手首もほとんど快復していた。ただ、WEB制作の仕上げをしていても、ついつい、あの日のことを思い出してしまう。

木村芳江との情事の途中で、夫が家に帰ってきたときは、ほんとうに生きた心地がしなかった。やはり、不倫をするとバチが当たるのだと、トラウマになりかけた。

退院してすぐに、芳江から連絡が入った。

『あの場は誤魔化して、どうにか切り抜けられました。井沢さんにはご迷惑をおかけました。ゴメンなさい。やはり、もうああいうことはやめましょう』

芳江から夫には発覚しなかったと聞き、ホッとした。救われた気がした。

芳江が逢わないようにしようと申し出てきたことには、春樹も同意できた。もう芳江と逢ってはいけないのだ。

そして、ナースの水田美栄――。

あの夜は忘れられない。キュートなナースと病室でセックスできたのだ。この町に移住して三人の女性を抱き、自分が急激に性的に成長していくのを感じた。何だか、別世界に来たようだった。

仕事が一段落したら、橋本早紀に逢って、タオルを返し、病院に連れていってくれたお礼をしようと思った。


桜の蕾《つぼみ》がほころびはじめたその日、春樹は陽気に誘われて、家を出た。

昼間だと、早紀が釣り船に乗っている可能性があるから、夜を選んだ。すでに午後七時半だから、民宿の夕食も終わっているだろう。

月光を淡く反射した海を眺めながら、坂道をおりていく。

スナック『ゆうこ』を横目に見て、『一郎丸』に向かった。

海岸道路を隔てたところに、釣り船民宿『一郎丸』という看板がかかげられ、大漁旗が張られた二階建ての建物があった。一階も二階も明かりが灯《とも》っていて、二階からは釣り客たちの酔っ払った声が洩《も》れてくる。

春樹が玄関の扉を開けて入っていき、『すみません！』と声をかけると、しばらくして、早紀が前掛けエプロンで濡れた手を拭きながら姿を現し、

「ああ、井沢さん」

パッと表情を輝かせた。

「あの……先日は、病院まで送っていただいて、ありがとうございました。ささやかなものですが、そのお礼と洗ったタオルです」

春樹は東京から取り寄せたみやげと、洗って丁寧《ていねい》に畳んだロゴ入りタオルを差し出した。

「いいんですよ、そんなことをなさらなくても……お体のほうは、大丈夫でしたか？」

「はい、お蔭様で。検査をしたんですけど、大丈夫でした。早紀さんに、車で送っていただいて助かりました。ですので、このくらいしないと、俺の気が済みません。受け取ってください」

春樹がみやげとタオルを執拗《しつよう》に差し出すと、根負けした早紀がそれを受け取った。そして、

「もう少しで仕事が終わるので、よかったら、外で待っていていただけませんか。お話もあるので」

思わぬことを言った。

「お話ですか？」

「ええ、ちょっと……」

「わかりました。いいですよ。では、海でも眺めています」

春樹は玄関を出て、道路を渡り、海を見る。

水平線がはるか向こうにぼんやりと見え、頭上には満天の星が輝き、ほの暗い海は、静かな波が海岸線に押し寄せては砕け、引いていく。

移住してよかったと思うのは、海のほかに、星がよく見えることだ。

都会ではほとんど見えなかった天の川《あまのがわ》だが、ここでは夜空を縦断しているのが、はっきりとわかる。

今夜も海蛍は出ていない。

夏場が中心だというから、先だっての出現は奇跡に近いものだったのだろう。

そして、そのお蔭で自分は特殊な能力を得た。

さっき見た早紀の下腹部は、仄《ほの》かに光っていたが、強くはなかった。つまり、男を必要とするほど寂しいわけではないのだ。離婚して出戻ってきたのだから、性欲を持て余していてもおかしくはない。たぶん、仕事の忙しさと充実感で、それを感じる暇などないのだろう。

（しかし、話って何だろう？）

ああだこうだと考えてみるものの、まったく思いつかない。

いずれにしろ、もう少ししたら、わかる。

港に係留された漁船を眺めていると、早紀がやってきた。

「ゴメンなさい、待たせてしまって」

駆け足で近づいてくる。

ジーンズを穿《は》いて、白のパーカーをはおっている。長い髪は後ろでポニーテールに結《ゆ》われていた。

「大丈夫ですよ、自分には時間がたっぷりありますから」

「すみません」

早紀が真横に並んだ。後ろで髪を結び、きりっとした横顔は見ているだけで、爽快感《そうかいかん》を与えてくれる。

春樹のほうから切り出した。

「何ですか、話って？」

「じつは……うちの店のホームページについてなんです。見たことあります？」

「ええ、見ましたよ」

「……あのホームページ、プロの目で見て、どう思われますか？」

「どうって……まあ、シンプルですよね」

「シンプルでもセンスがよければいいんだけど、ダサくありませんか。それに、動作が遅くて……あのホームページのせいで、うちは客を逃がしているような気がするんです。ですから……」

早紀がアーモンド形の目でまっすぐに春樹を見た。

「井沢さんは、ＷＥＢ制作の仕事をなさっているんですよね？」

「はい……」

「ホームページを作り替えていただけないでしょうか。もちろん、報酬はお支払いします。お忙しいですか？」

早紀がすがりつくような目で、見あげてきた。

「……俺は東京の会社から仕事を請けています。でも……『一郎丸』のホームページなら、喜んでやらせてもらいますよ。仲介がないぶん、お安くできると思います」

「ほんとうですか？」

「ええ……全然、大丈夫です」

「ありがとうございます。最近、うちは客が少なくなっていて……どうにかしないといけないんです。両親は宣伝とかに興味がなくて、じつは今、ホームページがいちばん大事だってこと、わかってないんです。だから、ずっと井沢さんに頼んだらいいのにって……」

「それなら、もっと早く話してくれればよかった。とにかく、集客力のあるサイトを作りますよ」

「じゃあ、やっていただけるんですね？」

「はい、大丈夫です」

「よかった……よろしくお願いします」

早紀が春樹の右手を両手で包み込むように握手をしてきた。

「こちらこそ、よろしくお願いします」

春樹もその手を左手を添えて包み込む。

そのとき、早紀の仄かに灯っていた下腹部の明かりが一気に光度を増して、ジーンズの上で、青白く発光した。

（……！）

春樹が仕事を引き受けたからなのか、それとも、手を握りあった身体的接触で昂《たかぶ》ったのか……子宮の光を見て、春樹はひどく昂奮した。

「ああ、ゴメンなさい。わたし、馴《な》れ馴れしくして……」

早紀が手を放した。それでも、子宮の海蛍は光りつづけている。

春樹は仕事モードに戻って、提案した。

「いいサイトを作るためには、もっと『一郎丸』について知りたいですね」

「では、こうしましょうか？　一晩、うちの民宿に泊まってください。それで、釣りにも行ってください。確か、釣りをはじめたいとおっしゃっていましたよね」

「ああ、はい……それは、ぜひ……」

「じゃあ、無料でご招待します」

「いや、それでは申し訳ないので、その宿泊と釣り船を出していただく料金を、ＷＥＢ制作の代金から引かせていただきます」

「でも、それでは、井沢さんの……」

「かまいません。俺も東京から移ってきて、この町のお役に立てればと思っていたんです」

「ありがとうございます。井沢さんが移住してきて、ほんとうによかったわ……じゃあ、早速、泊まっていただく日を決めましょうか？」

早紀はスマホを出して、民宿が空いている日時と、春樹のスケジュールを突き合わせて、宿泊する日を決めた。

そのテキパキとした仕事ぶりに、ますます好感を持った。

「少し、突堤あたりでも散歩しませんか？」

早紀が提案して、春樹はそれを内心嬉々として受けた。

海岸からほぼ直角に伸びたコンクリートの堤防を、二人は海に向かって、ぶらぶら歩く。

先を歩いていた早紀が、立ち止まって春樹を待ち、隣に並んだ。

「ここは釣り人にも人気があるんですよ。周りの岩場やテトラポットに釣り糸を垂れると、根魚《ねうお》が釣れるんです。メバルやカサゴやオコゼとか……小さいけど、白身で味がいいから、人気があるんです。釣り場が複雑で、根がかりしやすいので、釣り人の腕が問われます。船を出さなくても気軽に釣れますから、井沢さんもおやりになればいいわ。わたしがお教えします」

「ああ、それはやりたいですね。ぜひ、お願いします」

「わかりました。任せなさい！」

早紀がオーバーに胸を叩いた。

パーカーからのぞくTシャツの胸のふくらみはとても大きい。

「ここで釣っている写真も、WEBに載せましょう。やはり、早紀さんが釣っているところがいいかな」

「わたし、ですか？」

「はい……『一郎丸』の看板娘の早紀さんって打ち出せれば、効果は抜群ですよ。今のWEBには、早紀さんの写真が一枚もない。変な言い方ですが、早紀さんは広告塔としての自分を意識すべきです。そうしたら、客はもっと来ます」

「……恥《は》ずかしいわ。わたしなんか、出戻りだし……」

「関係ないですよ」

二人は話しているうちに、突堤の先端まで来た。

立ち止まって、春樹は思い切って、訊《き》いてみた。

「失礼ですが、早紀さんは結婚して、どこにいらしたんですか？」

「兵庫の姫路《ひめじ》です。結婚した彼がそこに住んでいて。五年前に、その彼がうちに泊まって。そのときに見初《みそ》められたみたいです。わたしは大学卒業後、大阪の会社に就職したんですが、どうも都会生活は合わなかったんです。会社を辞めて、釣り宿を手伝っているときだったので、プロポーズされて、うれしかった。でも、長くはつづかなかったですね。彼は賭け事が好きで、借金を作って……寝耳に水でした。それで、二年前に帰って来たんです」

「そうですか……」

「でも、早くわかってよかったかなって……まだ、子供もいませんでしたし。今はまた、ここで働くようになって、充実しています……。ところで、井沢さんは、どうして移住なさったんですか、まだお若いのに」

「それは……同じく都会の暮らしが合わなかったのと……それから……彼女に振られたんです。こっぴどく……それで、東京にいるのがつらくなって……」

「……よほど、ひどい別れ方だったんですね？」

「ええ……最悪なのは、彼女が同じ会社の先輩とつきあいはじめたことです」

「ひどい！　最低ですよ、その女性は」

「当てつけもあるんでしょう。それに、俺自身、つまらない男だったんだと思います」

「井沢さん、いい人なんですね。普通なら、その別れた彼女を憎むんじゃないかしら」

「ですよね。俺はもともと、人を憎んだり、恨んだりして、敵対視できないみたいで……。自分でも歯がゆいです」

それは、本心だった――。

「でも、井沢さんは、充分に魅力的ですよ」

そう言って、早紀が見あげてくる。

目と目が合って、春樹はどうしていいのかわからなくなった。いつもなら、ここで何もできずにいた。

しかし、今は違う。

早紀の下腹部が灯台の光のように、ひときわ輝いていたからだ。

春樹は、早紀の腰をそっと抱き寄せた。

二人の下半身が密着し、顔も近づく。

少し顔を傾けて、寄せると、早紀が目を閉じた。

長い睫毛《まつげ》を見ながら、唇を押しつけると、ダメッとでもいうように、早紀が顔を離して、春樹の腕から逃れた。

しかし、子宮の海蛍は青白い明かりの光度を増している。

その煌々《こうこう》とした光が春樹の背中を押した。

もう一度、抱き寄せて顔を近づける。強引に唇を押しつけると、今度は拒《こば》まれなかった。

春樹は唇を重ねたまま、さらに背中と腰を引き寄せる。

早紀の唇はどこか海の匂いがした。

キスをつづけていると、早紀が自分から唇を合わせてきた。ついばむようなキスをして、ぎゅっと抱きつきながら、唇を押しつけてくる。

下半身のイチモツがあっという間に力を漲《みなぎ》らせて、早紀の腹部を押す。すると、それを感じたのか、早紀の手がおりてきて、分身を確かめるようになぞってきた。

早紀は情熱的にズボン越しに屹立《きつりつ》をさすりながら、唇を重ねている。

舌先で誘うと、早紀も舌を突き出した。ぬめりとしたものが重なり合い、舌先がねっとりとからみあう。

舌を口腔《こうこう》に差し込んだとき、早紀は、やっぱりダメっとばかりに、春樹を突き放し、一目散に堤防を駆けていった。

子宮から煌々とした光を放ちながら、早紀は海岸に向かって走り、途中で歩きだした。

春樹も歩きだす。

(走って、追いかけるべきだろうか?)

だが、今は早紀の気持ちを尊重しようと思った。早紀だって、いきなり春樹に身体を許す気にはならないだろう。キスをさせてくれただけで、充分だ。

二人の距離は縮まらず、やがて、『一郎丸』の前で早紀は立ち止まり、

「では、明後日にお待ちしています」

春樹に向かって頭をさげ、なかに入っていった。

2

当日、春樹は午前中に釣り船民宿『一郎丸』に向かい、まずはWEBを作るための取材として、早紀と両親から話を聞いた。

使用されていない部屋を見せてもらい、内部の写真を撮る。さらに、民宿の外装を愛用の一眼レフカメラで何枚も撮影した。

その後、獲れたての魚を使った昼食を摂《と》り、レンタルの釣り一式を借り、午後一時半に釣り船の『一郎丸』に乗り込んだ。

父親が船長を務める定員十二名の小型船舶で、午後六時に帰港する予定だという。客は春樹を含めて五名で、写真を撮るにはちょうどいい人数だった。春樹はWEB用の写真を撮って、同時に、自分も釣りを教えてもらう予定だから、きっと大忙しだろう。

乗客には写真を撮る旨を了解してもらっていた。みんな、中年男性だったから、花を添えるために、早紀の写真は必須だった。

早紀が最後に乗り込んで、船は港を出る。

釣り場に着くまでに、早紀が餌《えさ》のつけ方から、竿《さお》の使い方、獲物のあげ方まで懇切丁寧に教えてくれた。

早紀の顔が近づくと、春樹はあの堤防でのキスを思い出してしまい、心が乱れた。太陽の光の下では、子宮の海蛍はよく見えないので、早紀の欲情の程度はわからない。

やがて、船が釣り場に到着して、春樹は釣り客やキャビンの船長の写真を撮った。とくに、早紀が釣り客に教えているところは、念入りに撮影した。

海の上で見る早紀は表情も明るく、頼りがいがあって、とても魅力的だった。そんな早紀の写真をホームページに載せたら、集客力が格段にあがるはずだ。

春樹はしばらく、早紀の生き生きした姿を撮ることに集中した。

充分に撮影してから、自分の釣りにかかる。

早紀に餌をつけてもらい、教えられたとおりに糸を垂らす。

初心者のせいか、ちっともヒットしない。見かねて、早紀が餌を変えてくれるものの、やはり、釣りにはビキナーズラックは通用しないようだ。

その間にも、客がチヌやカレイを釣る。そうなると、春樹は竿から手を放しカメラマンに戻って、釣りあげるシーンを撮影する。

釣った客はガッツポーズをして、魚と一緒に笑顔で写真におさまっている。しかし、釣れない客はそれを傍観《ぼうかん》しているしかない。

釣りはある意味、とても残酷だと感じた。

船長が釣り場を移動してくれて、海岸に近くなった。もう日が暮れかけて、そろそろ帰港というときになって、春樹の竿にアタリがあった。

釣りは初めてなので、よくわからないが、魚の手応えは感じる。くいくいと首を横に振っている。

「大丈夫ですよ。そのまま、ゆっくりと……そう、焦《あせ》らずに」

早紀がすぐ横でアドバイスしてくれる。

海面から姿を現した魚は、大きくはないが、元気がいい。

釣りあげて、船の甲板に置いた。

「アイナメです。やりましたね。これ、白身で美味しいんですよ。高級魚ですよ。井沢さんの夕食が釣れましたね」

早紀が満面の笑みで、三十センチくらいのアイナメを針から外してくれる。

（やったー、俺にだって釣れたじゃん！）

春樹は表には出さないが、ひそかにガッツポーズをしていた。

ボウズと、一匹でも釣れたのでは、全然違う。

春樹が一匹釣ったのを見届けた船長は、一安心したのか、ゆっくりと船を港に向けた。

3

宿で調理してもらった釣りたてのアイナメは、絶妙な味がした。

自分の釣った魚を新鮮なうちに食べられるというのも、釣りの醍醐味《だいごみ》のひとつだろう。

海の幸をふんだんに使った夕食を終え、春樹は風呂につかって、二階の部屋で早紀を待っていた。

今日、撮影した写真のどれをホームページに掲載するか、相談したかった。

部屋は六畳の和室で、一組の布団が敷いてあり、余ったスペースには座卓が置いてある。

午後九時になって、民宿での仕事を終えた早紀が、部屋に入ってきた。

仕事をしやすい、いつものジーンズではなく、ゆとりのあるワンピースにカーディガンをはおっていた。

そして、肝心の下腹部は、仄かな光を宿している。

「今日はお疲れさまでした。どうでした、釣りは?」

座卓の前に座った早紀が訊いてくる。

「愉《たの》しかったですよ。最後に一匹、釣れたからだと思います。ボウズだったら、あの獲物がかかったときの引きとか、釣りあげたときの達成感はなかった。それに、自分が釣ったばかりの魚を調理してもらって食べると、全然違いますね。これまで食べた魚料理のなかでいちばんでした」

「よかった！　正直言って、わたしもひやひやして見ていました。もし、一匹も釣れなかったら、ホームページを作るときのモチベーションもあがらないだろうなって……だから、わたしもあのアイナメに感謝しています」

早紀が微笑《ほほえ》んだ。笑窪《えくぼ》ができて、愛らしさが加わる。

それに、ワンピースを持ちあげた胸のふくらみは、こうして見ると、想像以上にたわわだった。

「で、写真のほうですが……」

春樹は撮った写真のデータをノートパソコンに入れて、大きな画面で見る。そして、自分がいいと思ったものと、早紀の意見をすり合わせていく。

パソコンの画面を見て、意見を言う早紀は、いつも後ろでまとめている長い髪が解かれて、肩や胸に垂れかかり、それが女性の色気をいっそう滲ませる。

無数に撮った写真のチェックを終えたときは、さすがに疲労していた。

「今日の仕事はもう終わりですよね？」

「ええ……」

早紀が顔を覗《のぞ》いて言う。

「じゃあ、ちょっとだけ呑《の》みましょうか？」

「ええ、でも俺は明日は何もないからいいんですけど、早紀さんは朝六時の船に乗るんでしょ。大丈夫ですか？」

「平気です。こう見えても、わたしはお酒、強いんです。ちょっとだけ待っていてくださいね。今、用意してきますから」

早紀が部屋を出た。

何だか、生き生きしている。

釣り宿にはほとんど休みがないから、春樹とホームページの話をするというイレギュラーなことが新鮮なのだろうか。それとも――。

パソコンをしまっていると、早紀が日本酒とオツマミを持ってやってきた。それを座卓に置いて、二人は差しつ差されつ酒を呑む。

隣室からは、オジサン連中のお酒を呑んだ者特有の大声と笑い声が聞こえてくる。

静まり返っているより、このほうが気兼ねもなくていい。

根魚の釣り方などを聞いているうちに、早紀のワンピースの下腹部がどんどん明るくなってきた。

酒の力が早紀の抑えていた欲望を解き放ちつつあるのだろう。

(早紀は今、男……つまり自分に抱かれたがっている)

そう感じた途端《とたん》、寝間着用の浴衣《ゆかた》を着た春樹のイチモツが頭を擡《もた》げてきた。

(行くなら、今だ。早紀さんは男を求めている。離婚してから恋人はいないようだから、アソコが寂しがっているのだ。酒を用意して、部屋で二人きりで呑んでいるのは、そういう思いがあるからだ。堤防でもキスを許してくれた……行くなら、今しかない！)

春樹は心を決めた。

二人の会話が途絶えたところで、春樹は席を立ち、早紀の背後にまわった。

「早紀さん、好きです……」

言いながら、後ろからやさしく抱きしめる。リンスの柑橘系《かんきつけい》の香りがふわっと匂った。早紀はいやがらなかった。

「……でも、わたしは出戻りですよ」

追い討ちをかけて、告白する。

「関係ないですよ、そんなこと……早紀さんに初めて逢ったときから、惹《ひ》かれていました。ほんとうです」

「うれしいわ……でも、わたしでいいの？」

「早紀さんだから、いいんです」

きっぱりと言うと、早紀はこちらを振り返り、肩に手をかけて、唇を寄せてくる。

春樹もキスに応えて、唇を合わせる。

唇を重ねたまま、一メートルほど離れた布団へと、早紀をそっと倒した。

そのままキスしながら、膝《ひざ》でワンピースに覆《おお》われた左右の太腿《ふともも》を割る。

舌で誘うと、早紀が舌をからめてきた。

早紀はうねりあがる感情をぶつけるようにキスをしつつ、むっちりとした太腿で春樹の膝を包み込んできた。ずりずりと擦《こす》りあわせる。

その欲情をあらわにした所作《しょさ》と弾力のある太腿が、春樹をさらにかきたてる。

唇を離すと、早紀は立ちあがり、自分でカーディガンとワンピースを脱いだ。

それから、ゴールドベージュの下着を隠して、布団に横たわった。それでも海蛍の光は漏れているが、春樹に背中を向ける形で横臥《おうが》して、膝を曲げている。

春樹は部屋の照明を落として、橙色《だいだいいろ》の枕明かりに浮かびあがる早紀を後ろから抱え込むようにする。

早紀がぼそっと呟《つぶや》いた。

「上手くできないかもしれない。もう何年もしていないの、だから……」

そう言って、早紀はますます丸くなる。

「関係ないですよ。俺は慣れた女より、初心《うぶ》な女性のほうが、好きです」

以前と違って、こんな歯の浮いたようなことを、しゃあしゃあと言う自分が、信じられなかった。

春樹はちらっと早紀の下腹部を見た。そこは、無数の海蛍を飼っているみたいに強い光を放っていて、それが春樹の背中を押した。

落ち着けと自分に言い聞かせながら、浴衣を脱いで裸になる。それから、早紀の背中のホックを外して、ブラジャーを抜き取っていく。

こぼれてきた乳房を、早紀が手で隠した。

覆いきれないたわわなふくらみが、はみ出している。

早紀はいつも海に出ているので、日に焼けて小麦色の肌をしていた。そのせいか、乳房の白さがいっそう際立つ。

早紀を仰向《あおむ》けに寝かせて、上からもう一度キスをする。キスをしながら、片膝で足を割る。

すると、早紀はまた太腿をよじりあわせて、春樹の足に擦《こす》りつけてきた。

春樹はキスをおろしていく。

首すじから肩へとキスを浴びせ、胸のふくらみの裾野《すその》にもキスをする。

それから、丸みを舐《な》めあげていき、舌先でピンと乳首を弾《はじ》いた。

「あんっ……！」

早紀は喘《あえ》いで、いけないとばかりに口を手のひらでふさぐ。

隣室では、オジサン連中が酒を呑みながら釣り談義に花を咲かせている。これなら、多少の喘ぎ声は耳に入らないだろう。

だいたい、ここの看板娘が隣室で男に抱かれているなどとは、つゆとも思わないだろう。

春樹は丁寧に、乳房を揉《も》みあげる。たわわで形のいいふくらみが指に柔らかくまとわりつきながら、形を変えて、

「んんんっ……んんんっ」

と、早紀は顎《あご》をせりあげる。そうしながら、左右の太腿で、春樹の片足を挟みつけてくる。

打てば響く身体だった。

夫と別れた二十九歳だ。この二年の間、寂しい思いをしてきたのだろう。

中心よりやや上で、濃いピンクの乳首がふくらみかけている。周辺に舌を走らせ、ソフトに突起に触れると、

「あんっ……！」

早紀は喘いで、また口を手でふさぐ。

顔がのけぞっていく姿を見ながら、乳首を上下左右に舐めた。

すると、突起がどんどん硬く、せりだしてきた。そして、早紀は、

「んんっ、んんん……うぐ」

と、必死に喘ぎを押し殺している。

春樹は乳首をかわいがりながら、右手をおろしていく。光るパンティの基底部に指を届かせると、布地はそれとわかるほどに湿っていた。

（ああ、こんなに濡らして……）

クロッチに中指を尺取り虫みたいに這《は》わせると、くちゅくちゅと淫靡《いんび》な音がして、

「ぁああ、この音、いや……！」

早紀が大きく顔をそむけた。

春樹は乳首を舌であやしながら、湿地帯を指でなぞりあげる。

つづけていくと、早紀は手のひらを当てて必死に喘ぎ声を押し殺しながら、下腹部をもっと強くとばかりにせりあげてくる。

それとともに、子宮の海蛍は光度を増し、

「いやっ、いやっ、いやっ……」

早紀は小声で言って、首を横に振る。

それでも、腰は上下に揺れて、濡れ溝が擦りつけられる。

春樹は顔をあげて、パンティに手をかけた。剝《む》くように脱がせると、漆黒《しっこく》の濃い翳《かげ》りがあらわになって、

「いやっ……」

早紀がそこを手で隠した。

「どうして？」

「……すごく濡れているでしょ。恥ずかしいわ」

「大丈夫……俺だって、ほら、こんなになってる」

春樹はいきりたつ肉棹《にくざお》を見せる。

視線がそこに釘付けにされているのを見ながら、早紀の手を外した。

あらわになった翳りの底に、貪《むさぼ》りついた。狭間《はざま》を舐めると、

「んっ……！」

早紀は甲高《かんだか》く呻《うめ》いて、春樹の顔を太腿で締めつけてきた。

かまわず粘膜に舌を走らせるうちに、太腿の力がゆるみ、やがて、開いた。

そして、春樹の舌の往復に呼応するように、腰を持ちあげたり、おろしたりする。

陰唇《いんしん》はひろがって、内部の粘膜があらわになり、そこを舐めると、

「ううっ、うふっ、うふっ……」

早紀は手のひらと唇の隙間から、くぐもった喘ぎを洩らし、眉《まゆ》を八の字に折って、今にも泣きだしそうな顔をする。

「うふっ、うふっ、うふっ……井沢さん、そこのタオルを取ってください」

早紀が哀願する。

(民宿のタオルをどうするのだろう?)

春樹は折り畳んであった新しいタオルを持ってくる。

早紀は上体を立てて、『一郎丸』のロゴの入ったタオルを受け取り、四つに折り畳んだ。そして、タオルの真ん中を嚙《か》むようにして、後ろにまわし、ぎゅっと結んだ。

（そういうことか……）

タオルは早紀の口を横に割り、後ろで結ばれている。猿ぐつわ替わりなのだろう。確かにこうすれば、口を手で押さえていなくても声は出にくい。

早紀がこの方法を取ったことに、驚いた。

（もしかして、別れた夫とのセックスでも、猿ぐつわをしていたのだろうか。両親と一緒に住んでいたのなら、こういうプレイをしたかもしれない）

様々な思いが頭をよぎった。だが、そんな過去など関係ない。

早紀がタオルを使って、猿ぐつわをしている姿に、ひどく昂奮し、イチモツはますますいきりたっていた。

春樹はふたたび、光る股間に顔を埋めて、上方の肉芽《にくが》を舐めた。突起に舌を走らせながら見あげると、

「んっ、んっ、んんんっ……！」

早紀は咥《くわ》えたタオルの隙間から、くぐもった呻きを洩らして、大きく顔をのけぞらせる。

必死にこらえようと、タオルを強く噛み、眉根を寄せて、今にも泣きだしそう

な顔をしている。

春樹はクリトリスを丁寧に舌で転がしつづける。早紀の鼻呼吸が激しくなり、やがて、

「んっ……んっ……！　んっ……ぅあぁん」

くぐもった喘ぎを洩らす。その鼻にかかった喘ぎ声がセクシーすぎた。

その頃には、子宮の海蛍の光り方がマックスになり、早紀は両手で布団の縁をつかみ、腰をくねらせながら、下腹部をせりあげてきた。

たまらなくなって、春樹はいきりたつものを恥肉に擦りつける。

足を開かせて、切っ先をぬめりの口に押しつけ、体重をかける。すると、とても窮屈なとば口を突破していく感触があって、

「んっ……！」

早紀が大きく顎を突きあげた。

内部は熱く滾《たぎ》っていて、柔らかな粘膜がぎゅっ、ぎゅっと分身を締めつけてきた。

春樹は両膝の裏をつかんで開かせながら、ゆっくりと腰をつかう。

激しく叩きつけたら、その振動が階下に伝わってしまう気がした。隣室はいま

だに酔っ払った連中が釣り談義に夢中になっているから、まず気配を感じ取られることはないだろう。

春樹は上体を立てたまま、静かに怒張《どちょう》を送り込む。

深いところに届かせると、扁桃腺《へんとうせん》のようにふくらんだものが先のほうにからみついてきて、そこを押す感触が気持ちいい。

そして、早紀はタオルをぎゅっと嚙みしめながら、これ以上は無理というところまで顔をのけぞらせ、

「んっ……んんんっ……んっ……んんんんっ」

と、くぐもった声を洩らす。

持ちあがった顎から首すじにかけて、血管が浮き出ている。きっと苦しいだろう。好きなように声が出せる場所なら、もっと自分を解放できるのに……。

強く打ち込みたくなって、それを抑えようと、前に屈んだ。

残念ながら、キスはできない。だが、間近で、早紀が猿ぐつわのタオルを咥えている様子が見える。

苦しそうに息を切らしながら、タオルを嚙みしめている。

上と下の唇を白いタオルが二つに割って、時々、白い歯列がのぞく。

おびただしい汗を額《ひたい》に滲ませて、歯を食いしばっている。

その苦悶《くもん》と快楽の狭間の表情が、春樹を昂《たかぶ》らせる。

腕立て伏せの格好で、静かに腰を振った。

いつの間にか、早紀は両膝を曲げて開き、勃起を深いところへ導こうとしている。ギンとした分身が体内をうがつと、

「うふっ……うふん、うふっ……うあああうぅぅ」

早紀は顎をせりあげて呻きながら、両手でシーツを握りしめている。

可哀相になって、春樹は猿ぐつわを外す。タオルの代わりに自分の唇で口をふさいだ。

キスをしながら、腰をつかう。

大きくは振れないが、今はちょうどいい。

唇を合わせて、舌を差し込むと、早紀は両手で春樹の顔を挟んで引き寄せ、貪るように舌をからめてくる。

情熱的なキスにかきたてられて、春樹はずりゅっ、ずりゅっと分身をえぐり込んでいく。腰をつかいながら、右手で乳房をつかみ、揉みしだいた。

たわわなふくらみの弾力を感じ、その中心の突起をつまんだ。左右にねじりな

がら、打ち込んでいく。

「んんん……んんんっ……ぁあああ、わたし、もう……」

早紀が涙目で見あげてきた。

「恥ずかしいわ。わたし、もうイキそうなの」

「いいですよ。イッてください……」

春樹は右手で乳首を転がしながら、打ち込んでいく。

とても粘着力の強い粘膜が、ざわめきながら分身にまとわりついてきて、そのからみつくようなうごめきが、いっそう春樹を昂らせた。

射精しそうになるのをこらえて、静かに奥に送り込んでいく。

「んふっ、んふっ……」

早紀は手のひらと口の隙間から、くぐもった声を洩らしている。

「ぁああ、イクぅ……！」

口に当てていた手を外して、シーツを鷲《わし》づかみにした。

いまだとばかりに、つづけざまにえぐったとき、

「んっ……！」

早紀はがくんと震えて、のけぞり返った。

エクスタシーに昇りつめたのを感じて、もうひと突きしたとき、春樹も我慢できなくなった。

とっさに抜いて、早紀の妖しく光る腹部に射精する。

白濁液を浴びた子宮がひときわ明るくなり、春樹が放ち終えると、徐々に光度が落ちていく。

春樹はティッシュで、腹部に付着した精液を拭いた。拭《ぬぐ》い終える頃には、子宮の海蛍は完全に消えていた。

4

十日後の夜、仕事を終えた早紀が、春樹の家までやってきた。

出来上がった『一郎丸』のホームページをチェックしてもらうためだ。本来なら、こちらが出向くところだが、早紀は自分が行くと言ってくれた。

早紀が家を訪れたとき、すでに子宮が光っていた。

それを見た春樹は、早紀がわざわざここまで来た理由がわかったような気がした。

好意を抱いている女性が、アソコに灯火《ともしび》を光らせて、自分の家に来てくれたことに、春樹は無上の喜びを覚えた。

早紀はTシャツの上にパーカーをはおり、ジーンズを穿いていた。

普段着で来たのは、両親に春樹との関係を覚《さと》られないためだろう。

春樹は早紀のこの普段どおりの格好が好きだった。

あまり時間もない。早紀を二階の仕事部屋に通して、早速、WEBページを見せた。反応が気になったが、

「素晴らしいです。これまでとは全然違います」

と、早紀は目を輝かせて、心から喜んでくれているようだった。

自信作ではあったが、細部の出来に一抹《いちまつ》の不安があった。それらを払拭《ふっしょく》してくれたのだから、春樹もうれしかった。

「よかった。これで、お客さんが増えるといいんだけど……」

「絶対、増えますよ。井沢さんに頼んで、ほんとうによかった」

笑顔を見せた早紀の下腹部の海蛍が一気に輝きを増した。

やはり、女性は本能的な欲望だけで生きているわけではなく、相手の男性に対する信頼感や、好きだという気持ちが、性欲をも燃え立たせるのだ。

早紀とつきあいはじめて、それがよくわかった。

出逢ったときに、たとえアソコの灯火が弱くても、つきあっているうちに好きになれば、女性の子宮は燃えるのだ。

「では、このままアップしますね」

「お願いします。それと、費用のほうなんですが……」

「これです。見てください」

春樹は請求書を出した。いつもの価格の半分で、しかも、宿泊代が引いてある。早紀からの依頼なので、今回は無料でもよかった。ただ、それだと早紀が納得しないだろう。

「これで、いいんですか？」

「はい……かまいません」

「でも、これじゃあ……」

「大丈夫です。俺は、今のところ、S社の仕事をこなすだけで食っていけます。これはアルバイトみたいなものです。それに、『一郎丸』の経営が厳しいことはわかっていますから」

言うと、早紀が胸に飛び込んできた。

「ありがとうございます……」

「まったく問題ないです」

そう言って、春樹は早紀の顔をあげさせて、唇を寄せる。

早紀は抗《あらが》うことなく、自分から身を任せてきた。

キスを交わしながら、抱きしめると、早紀も背伸びして唇を合わせて、しがみついてくる。

夢のようだった。これまでの人生で、女性とこれほどとんとん拍子に関係が深まったためしがない。

あの日、海蛍とまみれて、特殊な能力を得てから自分の人生は変わった。

特殊な能力が失せるまでに、春樹は恋人を作りたい。そして、春樹は早紀が好きだった。

「来て……」

春樹は早紀の手を引いて、隣室に向かった。

寝室にはセミダブルのベッドが置いてあり、窓からは海を眺望することができる。

カーテンを開けると、暗く沈んだ海が遠くにたゆたっていた。

今夜は雲が空を覆っていて、ほとんど星は見えない。だが、数個見える星が印象的だった。

ほとんど区別のつかない海と空の境目を眺めながら、早紀が言った。

「海はいろいろな表情を見せてくれるから、飽きないわ」

「そうですね。海には波があり、空には雲がかかっている。波と雲は、一瞬たりとも同じときがない。それに海は、昼と夜で、また違う」

「ほんとうにそう思うわ……井沢さんは、わたしのどこがいいんですか？」

唐突《とうとつ》に、早紀が訊いてきた。

「潑剌《はつらつ》としているところかな……早紀さんがテキパキと仕事をしているのを見ると、いいなぁと思う。俺もああいうふうに働きたいなって」

「仕事のときだけ？」

「違いますよ。もちろん、こうしているときも……今はすごく女らしい。ゴメン……女らしいなんて抽象的《ちゅうしょうてき》な言葉で」

「女らしいって言葉、わたしは好きですよ」

「早紀さんは、俺のどこがいいんですか？」

「地元の男性とは違って、すごく洗練されている気がします。知的だし、実際にパソコンのプロで、あんな素晴らしいホームページも作ることができる。乱暴なことは絶対にしない。やさしいんですよ。わたしがこれまで接してきた男性とは違います」

「……買いかぶりですよ。俺はただ気が弱くて……」

「そんなことないです」

早紀が振り返って、唇を重ねてくる。

キスが徐々に激しくなり、春樹のイチモツは一気に力を漲らせた。

早紀の手を導くと、早紀は勃起を撫でさすり、前にしゃがんだ。

ベルトをゆるめて、ズボンをさげた。

（えっ……してくれるのか？）

この前、早紀はフェラチオをしてくれなかった。

飛び出してきたいきりたちを、早紀はかるく握って、見あげてきた。

「元気ですね。こんな角度、初めて見ます」

そう言って、一気に根元まで口におさめ、そこから少しずつ唇を引きあげる。

そして、また深く頬張《ほおば》り、その間ももう放さないとばかりに、春樹の腰を両手で引き寄せる。

そうしておいて、ゆっくりと顔を振る。

この前、身体を合わせたことが、早紀を大胆にさせているのだろう。

早紀は、ぐちゅ、ぐちゅと唾音を立てて、唇をスライドさせる。

(ああ、気持ちいい……)

分身の、蕩《とろ》けながらふくらんでいく快感が、下半身を満たす。

春樹はうねりあがる快楽に酔いしれながら、外を見た。

窓から見える海は、波が荒くなっていて、うねりが光って見える。

雲が移動して、黄色い月が姿を現していた。

夜の海を眺めながら、下半身は早紀の温かい口腔に包まれているのだ。

これは、男の幸福のひとつだろう。

(男でよかった……)

うっとりして、春樹はもたらされる快感を味わう。

早紀は右手を動員して根元を握り、しごく。そうしながら、亀頭部にチュッ、チュッとキスを浴びせる。

それから、裏筋に沿って舐めおろしていき、睾丸《こうがん》に舌を伸ばした。

オイナリさんに似た皺袋《しわぶくろ》を、上を向くようにして、丁寧に舐めあげてくる。

(ああ、早紀さんはこんなことまで……しなくていい……)

申し訳ないような気がする。しかし、その姿にどうしても視線を引きつけられてしまう。

髪を後ろで結んだ早紀は、長い舌を出して、睾丸のひとつひとつの皺を伸ばすかのように舐めあげる。そうしながら、勃起を握って、時々しごいてくれる。

下腹部のボーッとした明かりがひときわ強くなり、今の早紀の発情状態を伝えてくる。

早紀は働いているときも魅力的だ。しかし、離婚を経験した妖艶《ようえん》な二十九歳、その上、容姿端麗とあって、男を魅了する。

前回のセックスで、子宮が目覚めたのかもしれない。だから、こんなに濃厚に愛してくれる。

睾丸への愛撫を終えて、早紀はそのまま裏筋を舐めあげてくる。

ツーッ、ツーッと何度も裏筋に舌を這わせ、ハーモニカを吹くようにしてサイドにも唇をすべらせる。

それから、唇をひろげて、本体を包み込んできた。

適度な圧迫感で肉茎を頬張りながら、ゆっくりと顔を打ち振る。

ふっくらとした唇がめくれあがり、血管の浮き出た表面をすべる。

ぐちゅ、ぐちゅと卑猥《ひわい》な唾音とともに、春樹のイチモツも唾液でぬめ光る。

早紀の舌が下側にねろねろとからみついてくるのがわかる。

一気に根元まで頬張って、ぐふっ、ぐふっと、噎《む》せた。

それでも、怯《ひる》むことなく奥まで呑み込み、春樹の腰をつかんで、引き寄せる。

切っ先が喉《のど》まで届くのがわかる。

早紀はえずきそうになりながらも、必死にこらえて、イチモツを奥まで招き入れている。

その献身的な姿に、自分はこの女のためなら、何だってできると思った。

早紀はゆっくりと唇を引きあげていき、浅く咥える。

唇と舌をつかって、静かに顔を振った。そのピッチがあがり、チューッと吸いあげられると、甘い陶酔感《とうすいかん》がふくらんできた。

早紀はバキュームしながら、唇を小刻《こきざ》みに往復させて、亀頭冠《きとうかん》を擦ってくる。

「ぁあああ、くっ……出そうだ」

思わず訴えると、早紀はちゅるっと吐き出して、立ちあがった。

Tシャツを脱ぎ、ジーンズをおろしていくのを見て、春樹も裸になる。

下着姿になった早紀は、濃紺の刺しゅう付きブラジャーを外して、同色のパンティを足踏みするように脱ぎ、髪を解いた。

一糸《いっし》まとわぬ姿になって、春樹と抱き合いながら、ベッドに寝ころぶ。

「今日は、声を出してもいいからね」

上になった春樹が言うと、早紀は、はにかみながらうなずいた。

（かわいいじゃないか……！）

口角《こうかく》を吊《つ》りあげると笑窪ができて、美人系の顔が愛らしくなる。

春樹は唇にキスをし、首すじに沿って、キスをおろしていく。

形よく盛りあがった乳房は、サイドテーブルのスタンドで仄白く浮かびあがっていた。

中心よりやや上に濃いピンクの乳首が舐められるのを待っている。

しゃぶりついた。そして、舐めた。ちろちろと上下左右に舌を走らせると、

「んんっ……ダメっ……あっ、あっ、んんんっ」

早紀はのけぞりながら、喘いだ。

気兼ねなく声を出せるのはいいことだ。早紀の喘ぎ声も弾《はず》んでいる。

左右の乳首を丹念《たんねん》に舐め、吸った。それだけで、早紀は下腹部をせりあげて、欲しがるような動きをみせる。

子宮の光が強くなり、春樹は光る下腹部をクンニする。

早紀はクンニされるのが好きなようで、

「ああ、恥ずかしい……あうぅぅ、いいのよ」

春樹の口に濡れ溝を押しつけてくる。

そこは、舐めきれないほどに淫蜜を滲ませており、舌を這わせるたびに、早紀はこれまで聞いたことのない悩殺的な声を洩らして、もっともっとばかりにせがんでくる。

ふと思いついて、早紀にベッドに這ってもらう。

四つん這いになった早紀の尻が持ちあがり、尻たぶの底に女の切れ目が、わずかに口を開いていた。大量の花蜜があふれて、それが子宮の光によって、妖《あや》しい光沢を放ち、内腿までも濡らしている。

春樹は姿勢を低くして、花弁を舐めた。ぬるっ、ぬるっと舌が這うと、

「ぁああ、ダメっ……それ、いや……んっ、んっ、あああうぅぅ」

早紀は前屈みになり、肘《ひじ》を突き、前腕に顔を乗せながら、尻を持ちあげた。肌は日に焼けているのに、乳房と尻だけは抜けるように色が白い。

しかも、いつも船に乗って踏ん張っているためか、尻と太腿は発達していて、

それがまたエロい。

春樹が舐めやすくなった媚肉《びにく》に舌を走らせると、

「ぁああ、あああああ……気持ちいい……ちょうだい。もう我慢できない。ください……お願い！」

早紀は尻をくねらせて、哀願してくる。

尻を引き寄せて、いきりたちを押しつけた。慎重に腰を突き出すと、亀頭部が窮屈なとば口を押し分け、熱い粘膜をこじ開けていく確かな感触があって、

「あっ、くっ……！」

早紀がシーツを鷲《わし》づかみにする。

まったりとした肉襞《にくひだ》がうごめきながら、侵入者を内へ内へと引きずり込もうとする。

春樹は奥歯を食いしばって耐え、ゆっくりと抽送《ちゅうそう》をはじめた。

ぬるぬるの粘膜がまったりとからみついてきて、その圧力を撥《は》ね除《の》けるようにストロークさせる。

怒張しきった分身が肉路を摩擦しながら、ぐちゅぐちゅと行き来して、

「ぁああ、くっ……キツいの。キツいけど、気持ちいい……」

早紀がうっとりして言う。

春樹は三浅一深《さんせんいっしん》を繰り返す。

以前なら、ひたすら強く打ち込んでいた。ここに来て、何人かの女性を抱いたせいか、自分でもセックスに余裕が出てきたように感じる。

浅いところを連続して擦ると、

「ぁああ、意地悪しないで……ください。ください！」

と、自分から尻を突き出してくる。

「反則ですよ、それは……」

「ゴメンなさい。でも……」

早紀はまた尻を押しつけて、深いストロークをせがんでくる。自分で腰を振って、

「あんっ、あんっ、あんっ……」

気兼ねなく喘ぐ。

「困った人だな。セックスでは堪《こら》え性《しょう》がないんですね」

「ゴメンなさい……でも、止められない」

そう言って、早紀は尻を打ち当ててくる。

春樹はタイミングをはかって、腰を突き出した。早紀の尻がこちらに向かってきたときに、ぐいっと打ち込むと、切っ先が奥のほうを打つ感触があって、

「ぁあああうぅ……！」

早紀は動きを止めて、背中を大きくしならせ、がくん、がくんと震えた。子宮の海蛍は最高に輝いている。

（もっと欲しいんだ。このまま……）

春樹は細くくびれたウエストを両手でつかみ寄せて、ぐいぐいとつづけざまに打ち据《す》えた。

勃起が深々と嵌《は》まり込んでいって、

「あんっ、あんっ、あんっ……ぁあああ、苦しい。許して、もう許して……」

早紀が訴えてくる。

春樹がストロークをやめると、

「ああ、やめないで……！」

早紀はまた、自分から尻を突き出してくる。そのとき、早紀の右腕がおずおずと後ろに差し出された。

「お願い……腕を引っ張って」

早紀が求めてくる。

春樹は右肘をつかんで、ぐいと後ろに引っ張った。その状態で、のけぞるように腰をつかうと、手応えを感じた。

ぐいっ、ぐいっとえぐり込む。ストロークの衝撃がそのまま伝わり、早紀は上体を斜めにして、乳房を波打たせながら、

「あっ……あんっ……ぁあああ……届いてるわ。ペニスがお臍《へそ》まで届いているのよ」

男を勇気づけるようなことを言い、両手を前に投げ出して、降参したポーズを取りながら、突かれるままに喘ぐ。

背中を大きくしならせた姿勢が、春樹をいっそう高まらせた。

肘を少し内側に寄せると、早紀が半身になって、乳房と横顔を見せる。

バックは女性の表情が見えないのが難点だが、これなら、早紀の顔が見える。

ズンッと打ち込むと、

「あんっ……！」

早紀は甲高く喘いで、眉根を寄せる。右の乳房もぶるるんと波打つ。

これ以上はつらいだろうと、腕を放して、なおもつづけざまに打ち込むと、

「あんっ、あっ、あんっ……ぁあああ、イクぅ……」

早紀はがくがくと震えながら、前に突っ伏していった。

腹這いになっているが、まだ挿入《そうにゅう》したままだ。

腕立て伏せの格好で、ゆっくりと打ち込んだ。

すると、早紀が光る尻をせりあげてきた。こうしたほうが気持ちいいとばかりに、尻だけを持ちあげ、ストロークを受け止めて、

「ぁああ、すごい……こんなに気持ちいいなんて……すごいよ、春樹は」

早紀が名前を呼んで褒《ほ》めてくれる。

こそばゆいが、悪い気はしない。

春樹は背中に覆いかぶさるようにして、ぐいぐいとえぐりたてる。

尻の肉の厚みがクッションとなって、そこに沈み込ませるのが気持ちいい。うごめく粘膜をこじ開けていくのは、もっと気持ちいい。

「あっ、あっ……春樹、わたしまたイキそう……いいの、イッて？」

「いいよ。何度もイッてほしい。早紀さんを何度もイカせたい」

春樹が腕立て伏せの格好で、ぐいぐいと押し込むと、甘い疼《うず》きが下腹部でふくらんできた。

それを育てたくなって、感触を確かめながら、えぐり込んでいく。

光る尻に向かって叩きつけながら、ふと前を見ると、カーテンの開いた窓ガラスから、霞《かす》んでいる水平線が見えた。

「ああ、出そうだ」

ぎりぎりで訴えた。

「いいのよ、出して……安全な日だから」

早紀が言う。

それならばと、春樹は水平線を見ながら、ぐいぐいと屹立をめり込ませていく。

早紀はその圧力に負けまいと、尻を持ちあげる。

押し返してくる尻肉のクッションがこたえられなかった。窮屈な粘膜がくいっ、くいっと肉棹を締めつけてきて、春樹の快感も一気に高まった。

「早紀さん、イクよ。出すよ」

「ああ、ください……イキます。イク、イク、イッちゃう……やぁあああぁああぁ！」

早紀は嬌声《きようせい》をあげて、シーツを鷲づかみにし、のけぞった。

膣の収縮を感じて、もうひと突きしたとき、春樹も放っていた。

歓喜に満ちた射精の電流が走り抜けて、脳にも届く。

いったんやんだ奔流《ほんりゅう》がまたはじまり、それが数回繰り返されて、春樹はぐったりと折り重なっていく。

早紀は気絶したように横たわっている。時々、痙攣《けいれん》のさざ波が走る。

気を遣《や》っても、なおも早紀の膣肉はイチモツをとらえて放さない。

合体したまま外を見ると、いつの間にか雲がなくなり、夜空に無数の星が煌《きら》めいていた。

第五章　熟女ママの誘惑

1

　その日、東京から久保田朋子《くぼたともこ》がやってきた。

　朋子は会社の先輩で三十二歳、ＷＥＢディレクターである。

　井沢春樹が請け負っているＷＥＢ制作が少々難航していて、その打ち合わせにわざわざ来てくれたのだ。尾道市のホテルに泊まっているらしいから、観光もかねているのだろう。

　家に現れた朋子は、相変わらずさばさばとしていた。一緒に働いていても、異性を感じなかったが、それは今も変わらない。もっとも、そのほうが男性としては働きやすい。

　二階の仕事部屋に案内すると、

「ふうん、いいところね。いつも海を眺めながら、仕事してるんだ」

朋子は窓を開け放って、海と空を見る。

「ええ……ここに来て、よかったと思っています」

「まあね。うちらの仕事は在宅ワークができるからね。インターネットさえ使えれば……何か、羨《うらや》ましいな」

朋子が細い目で、ちらりと春樹を見た。

「久保田さんも移住すればいいじゃないですか？」

「わたしは無理よ。東京に染まっちゃっているから……で、仕事のことだけど、クライアントがね……」

朋子が仕事の話に切り換えて、春樹も仕事モードへと入っていく。

二時間ほどで打ち合わせを終えた。すでに日は暮れかけている。

坂をくだって、海岸道路沿いにある定食屋で夕食を摂《と》った。その後、朋子がまだホテルに戻るまでは時間があるというので、スナック『ゆうこ』に誘った。

由布子ママが歓迎してくれたが、今夜、高梨マミは休みだと言う。

少し残念に思ったが、いないのだからしようがない。

驚いたのは、由布子ママの着物の下腹部が青白く光っていたことだ。これまでも、淡《あわ》く光っていたのを見たが、これほど明るく輝いているのは、初めてだった。

当たり前のことだが、由布子は三十九歳の女盛りなのだ。夫との性生活が充実していても、男の前に出たら、ときには、性欲が高まるのは当然だろう。

春樹はママに朋子を紹介し、奥のテーブル席で、二人で呑《の》んだ。客は二人以外いなかった。

いつもは余計なことを言わない朋子だが、焼酎の烏龍茶割りを呑んでいるうちに、酔ってきたのか、次第に口がかるくなった。

全く下腹部が光らないまま、会社への不満を洩《も》らしていたが、いきなり、まさかのことを口にした。

「そういえば、彩奈、秋山《あきやま》さんと別れたの」

「えっ……？」

春樹は息を呑んでいた。

別れた元恋人が、同じ会社の先輩社員とつきあいはじめたのを知り、春樹はいたたまれなくなって、この町に移住してきた。

（まさか？　二人はあんなにいい感じだったのに……）

複雑な思いが胸をよぎった。

「……彩奈、振られたみたいよ」

「そうなの?」

「ええ……」

朋子は彩奈と仲がよかったから、それは事実なのだろう。

「秋山さん、もともと彩奈とつきあったのは遊びだったんじゃないかな。すごくモテる人だから……それに、秋山さんは仕事上のことで、きみに嫉妬《しっと》していたのかも。秋山さん、技術はすごいけど、センスがないでしょ。その点、きみはすごくセンスがいいもの。前に、クライアントのWEBページのプランを出したとき、きみの案が採用されたじゃない。きっと、あれからだと思う……だから、秋山さんはきみの彼女である彩奈に誘いをかけたのよ。きみから彩奈を奪いたかった。自分のほうが上だって、マウントを取りたがったんじゃないかな。で、彩奈はそれにまんまと乗ってしまった……」

そう言って、朋子が烏龍茶割りをごくっと呑んだ。

確かにそう言われれば、思い当たる節がある。春樹の案が採用されてから、秋山裕二《ゆうじ》は冷たい態度を取るようになった。二人がつきあっていることは社内に知られていた。その上で、秋山が彩奈に手を出したとしたら、やはり、何かの思惑があったのだ。それは成功して、現に春樹は退社する羽目になった――。

(そうか、なるほど……)

腑《ふ》に落ちる点が多かった。

「だから、彩奈を許してあげてよ。彩奈が秋山さんに走ったのは、きみにも原因があると思うのよね。彩奈、きみとつきあっていても、何か物足りなそうだったしね……」

朋子の言うとおりだった。確かに、その前から彩奈は春樹と一緒にいても、今一つ盛りあがっていなかった。二人の絆《きずな》が強かったら、彩奈は秋山の誘いを撥《は》ねつけていたはずだ。

「だけど、今、彩奈は後悔していると思うよ。きみと別れるべきではなかったと思ってるんじゃないかな」

「どうかな……」

「ヨリを戻したら? 彩奈、最近寂しそうな顔を見せるのよ。見ていられなくなって」

「……ひょっとして、久保田さん、それを伝えに、ここに?」

「それだけじゃないけどね。……でも、それもあったかな」

朋子がじっと春樹を見て、言った。

「提案だけど、一度、彩奈をこの町に呼んでみたら？」

「……来ないと思いますよ」

「わからないわよ。それに、このままだったら、きみと彩奈は秋山さんにいいようにやられたままなのよ。それで、いいの？」

春樹は言葉に詰まった。

いいわけがない。しかし、彩奈は自分を捨てて、他の男に走ったのだ。彩奈だって、どういう顔で春樹に逢えばいいのか、わからないだろう――。

「きみはどうなの。まだ、彩奈のこと好きなの、それとも思い出すのもいや？」

「いやじゃないです」

「そうだよね。きみは彩奈に心底惚れていたもの。それだったら、彩奈のことをもう一度考えてみて」

「……わかりました」

「わたしは伝えることは伝えたから、行くね」

朋子はママにタクシーを呼んでもらうように言って、席を立ち、勘定を払って、領収書をもらった。

そうこうしているうちに、タクシーが来て、

「たまには東京に出てきなさいよ。そうだ。自分から東京に来て、彩奈に逢ってみたら？　じゃあ……仕事のほうも頼むわね」

朋子は男がするようにかるく手をあげて、店を出る。

春樹も外に出て、朋子がタクシーに乗り込むのを見守り、深々と頭をさげた。

2

春樹が店に戻ると、

「今日はお客さんもいないし、店を閉めるわね」

由布子が看板の明かりを消して、クローズの札《ふだ》を出した。

それから、春樹の隣の席に腰をおろした。

小紋の落ちついた着物を着て、黒髪を結《ゆ》いあげている。そして……帯の下あたりが異様なほどに光っていた。

「ゴメンなさい。聞くつもりはなかったんだけど、耳に入ってしまって……春ちゃんが振られてここに来たのは知ってたけど、何だか状況が変わってきたみたいね」

由布子が優美な顔を向けて、神妙に言った。

「聞かれてしまいましたか……まあ、耳にしたとおりです」

「で、春ちゃんはどうするの？」

由布子が興味津々《きょうみしんしん》という顔で、春樹を見た。

「……考えます」

「そうよね。春ちゃんにはせっかく早紀さんというい人ができたんだから、困っちゃうわよね」

「えっ……ご存じなんですか？」

「狭い町だもの。そりゃあ、わかるわよ」

「そうですか……」

町中で早紀とデートをしたわけではないが、春樹が釣り船民宿『一郎丸』のホームページを新身に作ったことは知れ渡っているだろうから、そのあたりから二人は出来ているという噂がひろがったのかもしれない。

「まあ、ゆっくりと考えたら……一杯、呑ませてもらっていい？」

「ああ、はい。もちろん」

由布子は自分で烏龍茶割りを作って、グラスの底に手を添えて、優美な仕種《しぐさ》で呑んだ。

「美味しい……」

心から味わっているという顔をして、グラスをテーブルに置いた。それから、がらっと調子を変えて、言った。

「これは、マミには内緒にしてよ。マミから、春ちゃんは海蛍につかってから、女のアソコが光って見えるようになったって、聞いたんだけど……それはほんとうなの？」

由布子が眉根《まゆね》を寄せて、春樹を見た。

（そうか……マミちゃん、あれほど「他人には黙っていたほうがいい」と言ってたくせに、自分から言っちゃったのか）

彩奈もそうだが、親しい女性同士は、ついつい秘密を共有したくなってしまうものらしい。

ここは真実を打ち明けたほうがいいと思った。

「ほんとうです」

「いやだっ」

由布子がさっと下腹部を手で隠した。

「わたしのアソコも見えるの？」

「ええ、まあ……」

「どう？」

「今夜はとくに強く発光しています。これまでは、時々、ぼんやり光るくらいでしたけど。でも、今夜は入ってきたときから……今も眩《まぶ》しいくらいです」

　春樹は事実を伝えた。

「半信半疑だったけど、ほんとうみたいね。急に恥《は》ずかしくなったわ」

　由布子が身をよじって、両手で着物の下腹部をぎゅっと押さえた。

「すみません……でも、こんな特殊な能力なんて、いつ無くなるかわからないものですよね」

「……でも、今は見えるんでしょ？」

「はい……」

「見透《みす》かされているんだったら、話は早いわ」

　由布子は婉然《えんぜん》と微笑《ほほえ》んで、春樹の太腿《ふともも》に右手を置いた。しかも、かなり股間に近いところだ。

「春ちゃんが悩んでいるところで、申し訳ないんだけど……」

そう言って、太腿に置いた手を内側へとすべらせる。股間に届きそうなところで、内腿を撫《な》でられると、分身が頭を擡《もた》げてくる。

このままでは、誘いに乗ってしまいそうだ。春樹だって、由布子と懇《ねんご》ろになりたい。しかし、さっきから漁業組合長の顔がちらほらと頭に浮かぶ。

「あの……ご主人は大丈夫なんでしょうか？」

「やはり、あの人が怖い？」

「ええ、それは……この町で組合長に睨《にら》まれたら、さすがに……」

本心だった。かつての網元で今は漁業組合長をしている長井重蔵に疎《うと》まれたら、この町には住めなくなる。

「みんな、そうなのよ。誰もかれも主人が怖くて、手を出してくれないのよ」

由布子が口に手を添えて笑い、身体を寄せてきた。

小紋に包まれた胸のふくらみが、春樹の肩に擦《こす》りつけられて、イチモツがいっそうズボンを突きあげてくる。

今、自分は彩奈と橋本早紀のことで悩んでいる。これで由布子ママを抱いたら、もう頭がぐちゃぐちゃになる。

由布子が太腿に手を置いたまま、言った。

「再婚した頃は、主人は夜を徹して愛してくれたのよ。寝かせてくれなかったほど。でも、今はもう七十三歳で、糖尿病も患《わずら》っていて、アレが思うに任せないのよ。だから、夜のほうはもうずっとご無沙汰なの。わたしはそれでもいいと思っていた。主人は店を持たせてくれたし、欲しいものは何でも与えてくれた。それに、女って寝た子を起こされなかったら、ずっと寝たままでいられるのよ。でも、今日は……」

「何ですか？」

「マミがうちの離れに住んでいるのは、知ってるでしょ？」

「ええ……」

「今日、昼間からマミが若い漁師を引っ張り込んで、離れでアレをしているのを見てしまったのよ。マミは窓を開けっぱなしでしていたから。激しかったわ。ケダモノみたいだった。マミがわたしの寝た子を起こしたのよ……主人はいつもの時間に帰れば、疑わないわ。時間がないの。お願い……」

由布子が潤《うる》んだ瞳を向けて、そのまま顔を近づけて、唇を寄せてきた。

濃厚なキスをされて、太腿の内側をさすられると、分身が完全にいきりたって、ズボンを突きあげた。

「今夜だけでいいの……二階の部屋で、いいでしょ？」

由布子ママに切なそうな目をして頼まれたら、断れない。

（こうなったら、やるしかない……！）

春樹は由布子の後ろについて、木の階段を二階へとあがっていく。

そこは倉庫を兼ねた休憩用の和室で、座卓と座布団が置いてあった。

由布子は座卓をずらして、押し入れから布団を取り出して、敷いた。それから、明かりを落として、帯に手をかける。

結び目を解き、シュルシュルッと衣擦《きぬず》れの音を立てて、帯を解いた。

金糸《きんし》の入った帯が畳にとぐろを巻き、小紋の上からでも由布子の下腹部が、海蛍が棲みついたように発光しているのが見える。

子宮の海蛍が強く光るとき、衿持《きょうじ》の高い由布子でさえ、それをかなぐり捨てて、男を欲しがる。それは女性のサガなのかもしれない。

春樹が服を脱ぐ間に、由布子は小紋を肩から落とした。

燃えるように赤い緋襦袢《ひじゅばん》に包まれたむっちりとした肢体が現れた。

春樹は初めて生で見る緋襦袢姿に息を呑んだ。白い半衿《はんえり》と赤い長襦袢の対比が鮮烈だ。白足袋《しろたび》を履《は》いたままなので、いっそう色っぽい。

由布子が結ってあった髪を解いて、頭を振った。枝垂《しだ》れ落ちた黒髪が肩や胸にも散って、艶《なま》めかしさが増す。

由布子はブリーフだけになった春樹を布団に仰臥《ぎょうが》させて、身を寄せてきた。横臥《おうが》して、胸板をなぞり、足をからめてくる。

緋襦袢がはだけて、むっちりとした白い太腿があらわになり、白足袋に包まれた足が春樹の向こう脛《ずね》をずりずりと擦っている。

温かくて柔らかな太腿を感じる。

三十九歳の人妻の愛撫は一味違った。濃厚でしっとりとして、仕種も触り方も情感に満ちている。

由布子は上体を起こし、上からじっと春樹を見た。

ふっと微笑み、胸板に接吻する。チュッ、チュッと乳首についばむようなキスを浴びせながら、しっとりとした手で胸板や脇腹、さらに、太腿を巧妙なタッチで撫でてくる。

それだけで、春樹の分身はブリーフを高々と持ちあげる。

それに気づいたのだろう、由布子は乳首に舌を這《は》わせながら、いきりたつものをなぞってきた。ブリーフの上から、愛《いと》おしそうに肉茎を撫でる。

布一枚を隔てた愛撫はもどかしくて、じかに触ってほしくなる。

だが、由布子は、まるで焦《じ》らすように分身をブリーフ越しになぞり、握りながら、春樹の乳首を舌で刺激する。

由布子の舌が器用に動き、チューーッと吸われると、

「ああ……！」

春樹は思わず喘《あえ》いでいた。

すると、由布子はようやく右手をブリーフの下にすべり込ませて、猛《たけ》りたつものを握り、静かにしごく。

そうしながら、胸板に舌を走らせる。

つるっとした舌が縦横無尽に胸板を這いまわり、イチモツがさらに硬度を増す。

そこで、由布子は春樹を布団に立たせて、ブリーフに手をかけ、剝《む》くようにしておろし、足先から抜き取っていく。

勢いよく飛び出してきた屹立《きつりつ》を見て、春樹の前に正座した。

その姿勢から尻をあげて、いきりたちを下から舐《な》めあげる。裏筋をツーッ、ツーッとなめらかに舌が走り、分身が躍りあがった。

「若いって、すごいわね……忘れていたわ。おチンチンって、こんなになるのね」

見あげてはにかみ、ぐっと姿勢を低くした。

春樹に足を開かせ、皺袋《しわぶくろ》を下から舐めてくる。

二つの睾丸を包み込んでいるオイナリさんに舌を走らせ、唾液を塗りつける。

べとべとになった睾丸《こうがん》袋を丁寧《ていねい》に舐めながら、いきりたちを握りしごいてくれる。

うねりあがる快感に、春樹は天井を仰《あお》いだ。

そのとき、違和感を覚えて、下を見た。

春樹の片方の睾丸がなくなっていた。由布子が一方のキンタマを頬張《ほおば》っているのだ。

（こんなことまで……！）

春樹は感動しながらも戸惑う。

（由布子ママが俺ごときに、ここまでしてくれるとは……！）

視線を感じたのか、由布子が見あげてきた。睾丸を口におさめたまま、笑みさえ浮かべ、口のなかで睾丸に舌をからめたり、かるく吸ったりする。

春樹が感謝の念を込めて言うと、由布子はちゅるっと吐き出して、もう一方の睾丸を口に含んだ。そして、なかでねろり、ねろりと舌をからめながら、潤んだ瞳で見あげてくる。

夢のような出来事に、春樹は目を閉じる。

肉体的というより精神的な満足感が大きい。由布子ママのような一流の女性にここまで尽くしてもらうと、男は心も体も満ち足りるものらしい。

由布子がようやく睾丸を吐き出して、裏筋を舐めあげてきた。

そのまま、屹立を上から頬張ってくる。

斜め上を向いてそそりたつものに唇をかぶせて、ゆったりと顔を打ち振る。

濡れて光るぷるっとした唇が、皮膚の張りつめた勃起《ぼっき》を適度に締めつけながらすべり、ねっとりとした舌も裏側にからみついてくる。

左右の頬が凹《へこ》んで、由布子がいかに吸ってくれているのかがわかる。

甘美な陶酔感《とうすいかん》に、春樹は思わず吐息を漏らし、また天井を仰ぐ。

「気持ちいいです……」

気持ち良すぎて、ふらふらする。

由布子はゆっくりと奥まで頬張って、全体を包み込んできた。その状態で舌をからませてくる。

えずきかけて、いったん浅く咥《くわ》え直し、また根元まで唇をすべらせる。

長いストロークを繰り返してから、先端を細かく頬張ってきた。

唇と舌をつかって、カリを中心に小刻《こきざ》みに唇を往復させる。

敏感な箇所《かしょ》を擦られて、春樹は立っていられなくなった。

すると、由布子はそれを察したのか、春樹を布団に寝かせた。それから、おずおずと言う。

「舐めてもらえるとうれしいわ、シックスナインで」

春樹がうなずくと、由布子は尻を向けて、またがってきた。

そして、春樹の下半身のそそりたっているものを握って、ゆったりとしごきながら、先端を頬張ってくる。

真っ赤な襦袢が豊かな尻を包み込み、そこを撫でまわすと、尻がもどかしそうに揺れる。

春樹は頭を枕に置き、舐めやすくして緋襦袢をまくりあげた。

鮮やかな長襦袢がめくれて、仄白《ほのじろ》く、むっちりとしたヒップがあらわになった。

由布子は頰張りながらも、恥ずかしそうに一瞬、尻を逃がした。

春樹が逃げた尻を引き戻す。たっぷりと肉をたたえた尻がハート形に割れて、谷間の底に、ふっくらとした花肉が息づいている。

鶏頭《けいとう》の花のようなびらびらがひろがって、その内側に粘膜がのぞいていた。それを子宮の海棠が煌々《こうこう》と照らしている。

春樹は尻を引き寄せて、狭間《はざま》の粘膜を舐めた。舌がぬるっとすべって、

「んんっ……！」

咥えたまま、由布子が腰を引いた。

つづけざまに舌を走らせると、逃げた尻が押しつけられる。

ひと舐めするごとに、由布子は「んっ！」と呻《うめ》きながらも、怒張《どちょう》を頰張りつづけている。

我慢できなくなって、春樹は尻たぶを開いた。すると、セピア色の窄《すぼ》まりがあらわになり、その下で淫蜜にまみれた雌花《めばな》が大きく花開いているのが見える。

唾液と愛蜜でとろとろになった粘膜に何度も舌を往復させると、由布子はちゅるっと肉棹《にくざお》を吐き出して、

「ぁあああ、いいの……気持ちいい……春ちゃん、気持ちいい……」

切なげに言って、腰をくなりくなりと揺らす。

今だとばかりに、春樹はクリトリスを舐める。笹舟形の女陰《じょいん》が光り輝き、その下で突起しているものに細かく舌を打ちつける。

丹念《たんねん》に舌を這わせ吸う。吐き出して、ちろちろっと舌を走らせる。

それをつづけていくうちに、肉芽《にくが》は肥大して、せりだす。その大きくなった突起をさらにかわいがった。

「ぁああああ、あああああ……蕩《とろ》ける。ねえ、ちょうだい。もう我慢できない。ちょうだい、これを……」

由布子はまた勃起を頰張りながら、根元を握り、しごいてくる。

こらえきれなくなって、春樹は下から出た。

布団に這っている由布子の垂れてきた緋襦袢の裾《すそ》を大きくまくりあげ、いきりたちで沼地をさぐる。

柔らかな粘膜を感じ、そこに押し当てて、慎重に腰を入れる。

湿地帯を先端がジュブッと押し分けて、それが粘膜に道をつけていき、

「はうぅぅ……！」

由布子が弓なりに背中を反《そ》らせる。

両手と両膝で四つん這いになった姿勢で、がくん、がくんと震えた。

由布子のそこは煮詰めたトマトのように滾《たぎ》ってきて、とろとろの粘膜がウエーブでも起こしたみたいに、屹立を締めつけてくる。

その熟《う》れ具合が最高だった。

春樹はしばらくじっとして、もたらされる快感をこらえた。馴染《なじ》んだ頃に、ゆっくりと腰をつかう。

「ぁあああ、ああうぅぅ……」

由布子は四つん這いのまま、背中を大きくしならせる。

浅くジャブを放っておいて、ストレートを奥に打ち込むと、

「ぁあああん……！」

びっくりするような声をあげて、顔をのけぞらせた。

春樹はまたゆっくりと突く。そのほうが、亀頭部《きとうぶ》が粘膜を押し広げていく感触をよく味わえる。

由布子もそのスローピッチが気持ち良さそうで、

「ああ、あああああ……蕩けていく。ひさしぶりなのよ。だから、きっとこんなにいいんだわ……ぁああ、へんになりそう」

男根を心から味わっているのがわかる。

もっと感じてほしくなって、春樹はウエストを両手でつかみ寄せ、徐々にピッチをあげていく。

じゅぶっ、じゅぶっと肉棹が膣《ちつ》をうがっていき、

「あんっ、あんっ……ぁあああ、響いてくる」

由布子はさしせまった声を放って、顔を上げ下げする。

春樹は右手を伸ばして、長襦袢の衿元からすべり込ませ、じかに乳房をとらえた。ボリュームたっぷりの乳房は幾分汗ばんでいて、柔らかな肉層に指が沈み込む。

上体を傾けて、ふくらみの中心をさぐった。

すでに硬くなっている乳首をつまんで、トップを小刻みに叩くと、それがいいのか、

「ぁあああ、あああ……気持ちいい。上手よ。春ちゃん、上手……」

由布子が褒《ほ》めてくれる。

褒められると、今やっていることに自信が持てる。いっそうせりだしてきた乳首を指の腹で挟んで転がした。それから引っ張りあげて、放す。

繰り返すうちに、由布子の腰が動きはじめた。自分から腰をぐいと突き出して、挿入《そうにゅう》を深くし、

「あんっ……！」

歓喜の声をあげる。

引いていき、また後ろに突き出してくる。

その間も、春樹は乳首を捏《こ》ねつづける。

「ぁあああ、気持ちいい……へんよ。どうしてこんなに気持ちいいの？　ぁああ、恥ずかしい。腰が動く……ぁあああ、ああああああ……ちょうだい。いっぱい、突いて……わたしをメチャクチャにして！」

由布子が訴えてくる。

やはり、由布子にもM的な資質がある。

春樹はウエストをつかみ寄せて、思い切り突いた。怒張しきったものをつづけざまに奥まで打ち込む。

「あっ、あっ、あっ……ぁあああ、ダメっ……イキそう。もう、イク……」

「いいんですよ。イッて」

春樹にはまだ射精の兆候はない。しかし、由布子ママには気を遣《や》ってほしい。

何度も、昇りつめてほしい。

春樹は強いストロークをつづけざまに叩き込んだ。

「あんっ、あんっ、あんっ……来るわ、来る……ぁあああ」

「そうら、イッていいですよ」

春樹が息を詰めて叩き込んだとき、

「イク、イク、イキます……あっ！」

由布子はがくがくっと震えながら、前に突っ伏していった。

3

絶頂を極めた由布子はぐったりとして腹這いになっていた。

だが、春樹のイチモツはまだ満足していない。それに、由布子の子宮は、まだ光りつづけている。

「時間はまだ大丈夫ですか？」

訊《き》くと、由布子はこくんとうなずいた。

春樹は由布子を起こして、緋襦袢をもろ肌脱ぎにさせた。そして、乳房があらわになった由布子を布団に寝かせる。

緋襦袢は腰までおろされて、たわわな乳房が仄白い光沢を放っている。きめ細かく、抜けるような白い肌をしていた。すべすべのもち肌で、しっとりと指に吸いついてくる。

胸のふくらみの頂上を指の腹で細かく叩くと、

「ぁあああ、ダメっ……また、したくなっちゃう」

由布子が羞《は》じらうように言う。

「もう一度、しましょう」

春樹がこう言えるのも、由布子の子宮の海棠が光度を増しているからだ。それに、由布子は夫のアレがままならなく、春樹がその寂しさを満たしているのだという自覚があって、さほど強い罪悪感はない。

漁師の妻の木村芳江との交わりならば、このようにはならないだろう。

覆《おお》いかぶさるようにキスをすると、由布子は春樹を抱き寄せながら、舌をからめてくる。

こうやってキスをしていると、憧《あこが》れのママを抱いている実感が沸《わ》き起こり、ひとつの望みが叶ったという至福に、今更ながら満たされる。

春樹がキスをおろしていくと、由布子は両腕を万歳するようにあげて、自分の右手で左手首を握った。

そうして、腋《わき》の下も乳房も無防備にさらした格好で、

「ぁあ、ああああ……気持ちいい……ああ、もっと、もっとして……」

と、哀切《あいせつ》な表情でせがんでくる。

春樹は乳房から腋の下へと顔をずらし、腋窩《えきか》にキスをする。

きれいに剃毛《ていもう》されたママの腋窩は甘酸っぱい芳香《ほうこう》をたたえ、そこに舌を這わせると、

「ぁあああ……恥ずかしいわ。わたし、恥ずかしい女なの、いけない女なの……あうぅぅ」

由布子はあえかな声を洩らして、顎《あご》をせりあげる。

春樹はママを恥ずかしい女、いけない女だなんて思ったことは一度もない。由布子はそう自分を卑下《ひげ》することで、一種の安心感を得ているのかもしれない。

春樹は左手をつかんで押さえつけ、腋の下の窪《くぼ》みを唾液でべとべとにする。

そのまま、二の腕をツーッと舐めあげていき、肘《ひじ》から舐めおろす。

多くの女性が二の腕にはゆとりがある。三十九歳ともなれば、贅肉《ぜいにく》も増えてくる。その柔らかな二の腕を舌でなぞると、

「そこは、もう許して……」

由布子が羞恥心《しゅうちしん》をのぞかせる。

「このゆとりのある二の腕がいいんです」

そう言って、春樹は二の腕の贅肉を舐め、腋の下にもキスをする。

「ぁああ、いやな人ね。春ちゃん、意地悪よ」

「そうです、意地悪ですよ。俺はやさしいんじゃなくて、たんに優柔不断なだけですから。そんな男はたいがい意地が悪いんです」

春樹は二の腕から前腕に舌を走らせ、手の甲から指にかけてキスをした。

細くて長い、クリアカラーのマニキュアのされた指を、まとめて頬張った。

フェラチオでもするように指を咥えて、舐める。さらに、指と指の間に舌を差し込み、舐めると、

「あっ……やめて……あっ！」

由布子は艶めかしく喘いで、びくん、びくんと感電したみたいに、顔を撥《は》ねあげる。

春樹はほっそりした指を舐めしゃぶってから、一気に顔をおろして、腋窩から脇腹に舌を走らせる。

「ぁあああ、くすぐったい……あっ、あっ！」

由布子は跳ねるようにして身をよじり、舌から逃れようとする。

春樹が脇腹から太腿の側面へと、舐めおろしていくと、

「ぁあああ、やめて……もう、降参……ぁああ、はうぅぅ……ぁあああ、欲しい。触って……ここを触って」

由布子が翳《かげ》りの底を、せがむようにせりあげる。

「ここって、どこですか？」

わかっていて訊《き》く。

「ぁああ、春ちゃん、ほんとうに意地悪だったのね」

「……そうですよ。俺には今も見えているんです、ママの子宮が光っているのが。海蛍を集めたみたいに、ぐるぐるまわりながら、青白い光を放っています」

「ああ、恥ずかしいわ……見ないで。見ないでちょうだい」

由布子が下腹部を隠した。その手から光は漏れていた。

「無理ですよ。何かで遮《さえぎ》っても、光が透《す》けて見えるんです。両手をあげてください。さっきのように、右手で左手首を握ってくださ い」

「はい……」

由布子は、下腹部から両手を外して頭上にあげ、手首を握る。

春樹は乳首を舌であやしながら、右手をおろし、翳りの底を中指で叩いた。

狭間を叩くと、濡れそぼった粘膜が指の腹にくっついて離れ、ネチッ、ネチャと淫靡《いんび》な音がして、それを恥じるように、由布子は顔を思い切りそむけた。

春樹は狭間を中指でノックしながら、乳首を吸い、離し、全体に舌をからませて弾《はじ》く。

それをつづけていると、由布子はもうどうしていいのかわからないといった様子で、恥丘を持ちあげ、腰をくねらせて、

「ぁあああ、して……春ちゃん、して……もう、我慢できない。おかしくなる。ほんとうに、おかしくなる」

眉根《まゆね》を寄せて、訴えてくる。

春樹は体を起こして、足の間にしゃがんだ。

膝をすくいあげると、由布子は自ら股を開く。

翳りの底は透明な蜜がしたたるほどにそぼ濡れていて、子宮の海蛍の光で、妖《あや》しいほどにてかっていた。

いきりたちを押しつけて、切っ先をこじ入れた。

とろとろに蕩けた肉路を、肉の傘が押し開いていき、

「はうぅぅぅ……！」

由布子が顔を大きくのけぞらせる。

春樹は両膝の裏をつかみ、押しつけながら、腰をつかう。カチカチの分身が粘膜を擦りながら、奥へと押し入っていき、

「ぁああ、あああああ……」

由布子は陶酔したように喘いで、白足袋に包まれた親指を反らせ、内に折り曲げる。

緋襦袢が太腿や腰にまとわりつき、光と色白の肌とのコントラストが鮮烈なエロスをかもしだしていた。

ずぶりと奥まで突き入れると、

「はうぅ……！」

由布子は腋の下や乳房をあらわにしたまま、顎をせりあげる。

つづけざまに強く打ち込むと、

「んっ、んっ、んっ……」

由布子は髪を乱して喘ぎ、たわわな乳房がぶるん、ぶるるんと豪快に揺れる。

移住して、初めて居所を見いだしたスナックのママを、今、自分はよがらせている。その思いが、春樹を有頂天《うちょうてん》にさせる。

膝を放して、覆いかぶさっていく。

両手で抱き寄せながら、唇にキスをすると、

「んん……」

由布子は切なげな声を洩らしながら、貪《むさぼ》るように舌をからめ、春樹にぎゅっとしがみついてくる。

春樹はキスしながら、ゆるく腰をつかいつづけた。

徐々に強く打ち込んでいくと、由布子はキスをしていられなくなったのか、唇を離して、

「あああ、いいの……あんっ、あんっ、あんっ……」

これ以上は無理というところまで、顔をのけぞらせて、幸せそうに喘ぐ。

腕立て伏せの格好で攻めたてながら、春樹は由布子の歓喜へと変わっていく表情の変化を、見守る。

眉根を寄せて、今にも泣きだしそうな顔が男のサディズムをかきたてる。

これだけ強烈に貫《つらぬ》かれても、いまだに頭上にあげた手を握りしめ、腋窩をさら

したままだ。

由布子はきっとこの無防備にすべてをさらした格好をすることで、心身ともに昂《たかぶ》っているのだと思った。

春樹はあらわになった腋の下をツーッと舐めあげていく。二の腕へと舌を走らせながら、その上方へと移動する力を利用して、深くえぐりたてる。

「ぁあん……いや、いや……これ……」

由布子は羞恥心をのぞかせていたが、ストロークしながら腋窩から二の腕へと舐めあげていくと、気配が変わった。

「ぁあああ、気持ちいい……恥ずかしいのに、気持ちいい……ぁあああ、もう、ダメっ……」

由布子が言うので、動きを止める。すると、すぐに由布子は、

「ぁああ、やめないで。お願い……」

目を細めて、春樹を見あげてくる。

狭くなった眼は、うるうるとして、その何かをせがむような表情がたまらなかった。

春樹は今度は、反対側の腋の下を舐める。

その腕を押さえつけておいて、腋窩の渓谷《けいこく》から二の腕へと舌を走らせる。そうしながら、勃起を体内にえぐり込ませる。

「ぁあああ、あああ、おかしくなる。わたし、おかしくなる……ぁあああ、メチャクチャにして。いけないわたしを懲《こ》らしめてちょうだい」

由布子が薄目を開けて、訴えてくる。

夫を裏切っている自分を、いけない女だと感じ、それをあらわにすることで、マゾ的な快感を求めているのかもしれない。

春樹は腋を舐めるのをやめて、両手を上から押さえつける。

ぐっと前に体重をかけて、真上から由布子の顔を見ながら、ぐいぐいと打ち据えていく。

「うあっ……あっ……あうぅぅぅ！」

由布子はさしせまった声をあげ、両膝を曲げて開き、春樹の怒張を深いところに招き入れている。

そうしながら、ぼうっとした目で見あげてくる。

激しく突かれるままに、「あっ、あっ、あんっ」と喘いで、すべてを男にゆだねる由布子は、男の胸底《きょうてい》に棲むサディズムを覚醒《かくせい》させる。

前に体重を乗せて、ぐいぐいとえぐりたてた。

怒張しきったイチモツが、由布子の子宮まで届き、海蛍がますます明るい光をぼうっと放つ。

射精するのは、もう時間の問題だった。

「おおぅ、ダメだ。出そうです」

ぎりぎりで訴えると、

「ちょうだい。わたしもイク……イカせて……あんっ、あんっ、あんっ」

由布子が鈍く光る目で、見あげてきた。

春樹は両腕を押さえつけたまま、ぐいぐいと奥に届かせる。すると、子宮近くのまったりとしたふくらみがからみついてきて、ぐんと性感が高まった。

「ああ、出しますよ」

「ちょうだい。大丈夫よ。安全な日だから。だから、ちょうだい。いっぱい、ちょうだい」

由布子が言う。

それならばと、春樹は思い切り叩き込んだ。

「あんっ、あんっ、あんっ……イクわ。イキそう……イク、イク、イッちゃう……ああ、今よ。一緒にイッて！」

由布子が訴えてきた。

「ああ、ママ……ぁあああ、おおおうぅぅ！」

吼《ほ》えながら叩き込んだとき、

「イクぅ……やぁあああぁぁぁぁぁぁ！」

由布子が嬌声《きようせい》を張りあげて、のけぞり、次の瞬間、春樹も熱い男液をしぶかせていた。

4

緋襦袢を身にまとった由布子が、仰臥した春樹の胸板に顔を乗せて、

「そろそろ帰らないといけないんだけど、腰が抜けたようで動けないわ」

目の縁を赤く染めて、春樹を見た。

由布子の子宮の海蛍の光は弱くなったが、いまだに淡く灯《とも》っている。

「そんなこと言われたの、初めてです」

「春ちゃん、思っていたより、ずっと上手だった。ふふっ、ここもカチンカチンだった。あらっ、また硬くなってきてるわよ」

「それは……由布子ママだからですよ。俺、ママに逢うために店に来ていたんですから、夢のようでした」

「うれしいわ……でも、これで、マミもわたしも抱いたんだから、春ちゃんにとってうちの店はハーレムよね」

「そんな……マミちゃんとは一度しか寝ていませんし」

「わたしも……？」

由布子がまた力を漲らせつつあるイチモツを、やわやわと触ってくる。

「それは……わかりません」

「そう言うしかないわよね。春ちゃんは今、東京の女性と早紀さんとの間でずいぶん悩んでいるんですものね……わたしみたいなオバチャンを抱いている場合じゃないものね」

「そんなことないです。俺はママとこうなれて、幸せでした。だから、またきっと……」

「いいのよ、無理しなくて。それよりも、どうするの？　別れた彼女を呼び寄せるんだったら、早紀さんのこともきちんとしなくてはね」

「わかっています。正直言って、どうしたらいいのかわかりません。ママはどう思いますか？」

「訊かれても、困るわね。春ちゃん次第じゃないかしら。わたしとしては、早紀さんを応援したいけど……いずれにしろ、東京の彼女の件は、はっきりさせたほうがいいと思うわ。春ちゃんに、まだ未練があればの話だけど……」

そう言いながら、由布子は勃起した肉柱をゆっくりとしごく。

「どうなの、まだ東京の彼女のこと、思ってるの？」

「……たぶん」

春樹がそう答えたのは、今もオナニーは、彩奈を思い出しながらしているからだ。

「そうなの……こっぴどく振られても、まだ思いつづけているのね」

「嫌いになって、別れたわけじゃありませんから」

「よほど好きだったのね」

「たぶん……」

「だったら、彼女をこちらに呼んだら？　でも、彼女がまだ春ちゃんを思いつづけているかどうか、わからないから……まずは、それを確かめることね」

「そうですね。そうしてみます」

「ヨリを戻したときは、早紀さんを傷つけないようにしてね。早紀さんの元気はこの町に必要だから」

「はい、もちろん」

「ちょっと待っててね」

由布子はスマホを持って、部屋を出た。

廊下で誰かに電話をする声が聞こえる。おそらく、夫の組合長と話をしているのだろう。

短い電話を終えて、由布子が部屋に戻ってきた。

「主人には遅くなることを伝えたから、しばらくは大丈夫。わたしのアソコ、今どうなってる？」

由布子が緋襦袢の前に手を置いて、言う。

「いったん消えかけたのに、今はまた光っています。どんどん明るくなってきています」

「……あと三十分は大丈夫。春ちゃんとはこれがきっと最後になるでしょ。だから、とことんしたいの」

由布子は艶《あで》やかに微笑み、腰紐を解いて、緋襦袢を脱いだ。

ハッとするようなむちっとした肉体があらわになる。

適度に肉のついた裸身は、乳房のふくらみといい、尻の張り具合といい、熟れた女性の官能美を見事に体現している。

由布子は白い腰紐をつかんで、

「わがままを言っていい？」

「もちろん……」

「よかった。これでわたしの手を縛って……」

由布子が後ろを向いて、両手を背中で重ねる。

「手首を縛って……」

「……こうですか？」

春樹は胸の高まりを覚えながら、合わさった手首に白い腰紐を幾重にも巻きつけて、ぎゅっと結ぶ。

後ろ手にくくられた由布子はまた雰囲気が変わって、子宮の海棠が一斉に光りはじめた。

立ちあがった春樹の前に、由布子はしゃがみ、後ろ手にくくられた姿勢でイチモツに顔を寄せてくる。

付着した愛蜜を舐め取り、ついには頬張ってきた。

髪を揺らして、復活した勃起を唇と舌でかわいがり、それが完全勃起すると、自分から布団に這った。

枕に顔を横にして埋め、尻だけを高々と持ちあげる。背中でひとつにくくられた両手首から先の血管が浮きあがっていた。

「バックでわたしを貫いてください。お願いします」

M女になりきって丁寧語をつかい、誘うように腰を振る。

猛《たけ》りたつものを押しつけながら、春樹は思っていた。

（組合長がSなのだ。そして、由布子さんはM……）

だから、組合長は由布子を後妻にして、店まで持たせたのだろう。

セックスの相性はとても大切なのだという気がする。

春樹は亀頭部を導いて、一気に沈めた。屹立が泥濘《ぬかるみ》と化した粘膜の道を押し広げていき、

「ぁああああ……！」

由布子は嬌声をあげて、肢体をのけぞらせる。

うごめきながらからみついてくる粘膜をかき分けるようにして、奥まで送り込

むと、

「うはっ……！」

由布子はがくがくと震えて、後ろ手にくくられた手の指を開く。

春樹は背中でひとつにくくられた両腕をつかんで、引き寄せながらぐいぐいとえぐり込んでいく。そのたびに、

「あんっ、あん、あんっ……！」

由布子は甲高《かんだか》い喘ぎをスタッカートさせる。

さっきより、感じている。やはり、くくられて自由を奪われると、何かが燃え立つのだろう。

春樹は本能のままに、尻たぶをぎゅっとつかんだ。

「ぁああん……！」

痛いはずなのに、由布子は心から感じている声をあげる。

「ああ、ぶって……お尻をぶって……」

春樹も昂ってくる。

由布子がせがんできた。

女の尻をぶつのは、初めてだった。しかし、由布子の期待には応えたい。

春樹はおずおずと平手打ちする。初めてだから加減がわからない。

由布子がいやがらないのを見て、徐々に強めていき、ついには、パチーン、パチーンと音が出るほど強烈に尻たぶを平手で叩いた。

「あうっ……ぁあああ！」

由布子が悲鳴に近い声をあげた。

「やめましょうか？」

「いいの。つづけて」

春樹がつづけざまに打擲《ちょうちゃく》すると、色白だった尻たぶが光の奥で見る間に赤く染まってきた。

さすがに可哀相になって打つのをやめると、由布子はくなり、くなりと尻をくねらせて、

「ああ、突いて……わたしを壊して……」

ストロークを求めてくる。

春樹はウエストをつかみ寄せて、ぐいぐいと屹立を叩き込んだ。

怒張が子宮を打つたびに、由布子は甲高く喘ぎ、

「あんっ、あんっ、あんっ……ぁああ、熱いの。お尻が燃えてる……ぁああ、ぁ

あああ、メチャクチャにして！」

尻をせりだして、せがんでくる。

春樹の脳裏に、閨《ねや》でそうやって組合長に求めている由布子の姿がくっきりと浮かんだ。そうなると、なぜかメラメラと炎が燃え盛った。

後ろ手にくくられた部分を握り、もう片方の手で赤く染まった尻たぶをつかんだ。その状態でスパートする。

つづけざまに深いところに打ち据えると、

「あっ、あっ、あうぅ……イクわ。わたし、もうイキます。イッてもいいですか？」

由布子が許可を求めてくる。

「いいですよ。イキなさい。そうら、メチャクチャにしてやる！」

春樹が一気に叩き込むと、

「イキます……いやぁあああああ、うはっ！」

由布子はがくん、がくんと痙攣《けいれん》しながら、ドッと前に突っ伏していく。

それを追って、春樹は覆いかぶさり、腹這いになった由布子を、後ろからえぐりつづける。

「ぁああぁ、イッたのに……イッたのに……ぁあああ、許して……もう許して……ぁああああ、ねえ、イク……わたし、またイクぅ！」

「俺も、俺も出します」

春樹が最後の力を振り絞って、光る尻に向かって打ち込んだとき、

「ぁあああ、イクぅ……やぁあああああぁぁぁ……はうっ！」

由布子は後ろ手にくくられたまま、尻だけを突きあげて、がくん、がくんと躍りあがり、春樹もふたたび男液をしぶかせていた。

第六章　恋のエチュード

1

一週間後、井沢春樹は東京に来ていた。

迷いに迷って、上京することにした。渡部彩奈に逢うためだ。

『東京の彼女との関係を、はっきりさせたほうがいい』という長井由布子ママの言葉が、春樹の背中を押した。

彩奈に『東京に行く用があるんだけど、時間があったら逢ってくれないか？』とメールを入れたところ、『少しなら』という返信があった。

断られるかと思っていた。

自分から振ったのだから、過去の男の誘いのメールなどに応じなくてもいいはずだ。しかし、彩奈は『少しなら』逢ってくれると言う。

返信メールに胸を躍らせているのだから、やはり、自分はまだ彩奈を忘れられないのだと思い知る。

あれから橋本早紀とは逢っていない。二股をかけるようで、ためらわれた。

春樹が制作した『一郎丸』のホームページには、ブログを書き込めるようにしてある。

早紀は几帳面《きちようめん》に毎日欠かさず書いている。文章も上手く、釣り船民宿の臨場感が伝わってきて、それを読んでいると、知らずしらずのうちに顔がほころぶ。

きっと、このブログで『一郎丸』の人気はあがるはずだ。

喜んでいる場合ではない。今はとにかく彩奈との関係をはっきりさせることが大切だ。

実際に逢ってみて、改めて振られたら振られたで、未練を断ち切ることができる。そうしたら、春樹も前に進める。

その日、午前中に尾道から電車に乗った春樹は、福山《ふくやま》から新幹線を使い、四時間後には東京に着いていた。

午後三時にひさしぶりに古巣の会社に顔を出して、社長に挨拶をした。

オフィスに彩奈はいなかった。秋山裕二は、春樹を見ると苦虫を嚙《か》みつぶしたような顔をした。その表情で、彼がいかに自分を嫌っているかがわかった。

ただ嫌っているのではなく、内心恐れているのではないかという気もした。それは初めて彼に対して抱く感覚だった。

久保田朋子と会社の近くの喫茶店で、新しいWEB制作の打ち合わせをした。終えると、

「彩奈とはどこで逢うの？」

朋子が訊《き》いてきた。

「午後七時に、彼女のマンションの近くの公園です。今日は在宅ワークみたいなんで」

「公園？」

「ええ。長くは顔を合わせたくないらしくて……」

「そう……ディナーじゃないんだ」

「……はい」

「でも、逢ってくれるだけでも、よかったじゃない」

「そう思います」

「頑張りなさいよ。絶対に見込みがあるわよ……彩奈、最近はテレワークばかりであまり会社にも出てこないのよ。秋山さんに逢いたくないからだとは思うけど

……」


　朋子の言葉が重くのしかかってきた。

　同時に、秋山に対する怒りが込みあげてくる。

「わかりました。いろいろと気にかけていただいて、ありがとうございます。どうにかします」

　自分でも思ってもみなかった強い言葉があふれだした。

「それでいいわ。井沢くん、なんだか逞《たくま》しくなったわね」

「そうだといいんですが……」

「大丈夫。じゃあ、そろそろ行かないとね。頑張るのよ」

　微笑《ほほえ》みを残して、朋子は席を立った。

　しばらくして、春樹も店を出た。

　すでに日は沈んで周囲が暗くなり、都心のビルの窓や、店の看板にも明かりが灯《とも》っていた。

　特殊な能力は健在で、春樹の目には、都心に無数の蛍が放たれているような、幻想的な光景が見えていた。

　帰宅時間のせいか、数えきれない蛍火が街中にあふれている。多くの女性の下腹部が海蛍を飼っているみたいに青白い光を放っているのだ。ＯＬ風もいれば、デートで、恋人と腕を組んでいる幸せそうな女性もいる。

光る具合が人によって違うのが興味深い。見えるかどうかの青白い薄明かりを灯らせている者もいれば、目が眩《くら》むほどに強い光を放っている女性もいる。

春樹の住む町では、人口が少ないせいか、こんな壮観な景色は見られない。

（都会の女性は、みんなアソコが寂しいのだろうか……いや、たんに人口が多いから蛍の光が目立つのか……）

春樹は無数の蛍が蠢めくなかを、地下鉄の駅に向かって歩を進めていった。

約束の時間より少し前に着いて、小さな公園で彩奈を待った。

徒歩数分のところに、彩奈の住んでいるマンションがある。かつては数えきれないほど訪れたマンションのなかに、今は入ることができない。

（どうして、こうなってしまったんだろう？）

ベンチに座って、ぼんやりと考えていると、足音が近づいてきた。

顔をあげると、目の前に彩奈がいた。

美人系とかわいい系の両方を併せ持った、いつ見ても飽きない顔が、数メートル向こうではにかむように春樹を見ていた。

「やあ、ひさしぶり」

春樹は何か言わなくてはいけないと思って、ありきたりな挨拶をした。

「……ひさしぶり。いい？」

彩奈がベンチの隣を指した。

「もちろん……」

返事を待って、彩奈が隣に腰をおろした。

リップを塗って、アイメイクもしていて、ミドルレングスの髪からのぞく横顔は凜《りん》としている。トレーナーを着て、ぴったりとしたスキニーパンツを穿《は》いているが、その普段着姿を魅力的に感じてしまう。

だが、下腹部は光っていない。

それを見て、少し落胆した。

「ありがとう、来てくれて……」

彩奈が横から、春樹を見て言った。

「いや、東京で仕事があったから、それで……」

「わたしは、ついでなんだ？」

「いや、そうじゃない」

春樹は、彩奈に妙な心理的な負担をかけないように言ったのだが、そうは取ってくれなかったようだ。

「わかってるわよ。ほんとうはわたしに逢いにきてくれたんでしょ？」

「……そうだ」

「どうして？」

「どうしてと言われても……」

「朋子さんから聞いたんでしょ。わたしが秋山さんに振られたって」

「……ああ、聞いた」

「それで、逢いにきてくれたのね。わたしのこと、いい気味だと思ったんでしょ？」

「そうじゃない。ただ……俺たちは秋山さんにしてやられていたんだなって……」

「春樹は違うよ。いいようにやられたのは、わたし……わたしがバカだったのよ。だから、ほんとうは春樹に逢う資格なんてないのよ」

彩奈がぎゅっと唇を噛んで、下を向いた。その肩が小刻《こきざ》みに震えている。

「いや、悪いのは俺のほうだよ。彩奈としっかりした絆《きずな》を築けていなかった。あのとき、もっと彩奈を理解していれば、こんなことにはならなかった」

「……やさしいのね。でも、どうしたってわたしが悪いのよ。今思い出しても、自分がいやになる」

「彩奈に隙があったのかもしれない。だけど、それを作らせたのは俺だ。だから、自分を責めないでほしい」

春樹がそう言ったとき、彩奈の下腹部が徐々に明るくなって、青白い光を放ちだした。

今が攻めどきだ。自分は昔の自分ではない。

「忘れないでほしい。俺は彩奈を嫌いになって、別れたわけじゃない」

そう言って、股間のあたりに置いている彩奈の手をぎゅっと握った。

ハッとして、彩奈が顔をあげた。

「今も、その気持ちは変わっていない」

目を見ると、彩奈が見つめ返してきた。

「もう一度、やり直せるかな?」

彩奈は無言のまま、潤《うる》んだ目で春樹の瞳を覗《のぞ》き込んでくる。

春樹は彩奈の両肩をつかみ、抱き寄せた。

彩奈もそろりと身を任せてきた。だが、次の瞬間、春樹は突き放された。

「ゴメンなさい……こんなわたしが春樹とつきあう資格なんてない。わたしは秋山さんに抱かれたのよ。そんな女でいいの、不潔でしょ？」

「それはないよ。大人の女性なら、複数の男に抱かれたとしても、ちっとも不思議じゃない。お互いの気持ち次第だし、そもそも俺には純潔崇拝や相手を束縛しようなんて気はない。それに……俺もあれから女性を抱いている。だから、お互いさまだよ」

「……そうなの」

「ああ、だから、秋山さんのことは気にしなくていい」

「ゴメンなさい、しばらく考えさせて。頭のなかが整理できなくて……」

春樹は立ちあがった彩奈の手をつかんで、必死の思いで、気持ちを伝える。

「一度、俺が住んでいるところに来ないか。小さな漁港のある静かな町だ。ただ、のどかなだけじゃなくて、魚の水揚げも多くて市場は活気にあふれている。びっくりするぐらい美味しいよ。観光に来るだけでもいい。そうしたら、彩奈もきっと過去を忘れられる。俺の家がいやだったら、近くのホテルに泊まればいい。温泉もある。そこで、のんびりすれば、きっと彩奈の気持ちも変わる」

「……わかったわ。考えさせて……」

彩奈が言った。下腹部を見ると、さっきまでの強い光は失せて、淡い光に変わっていた。

自分を責める気持ちが、欲情の炎に水をかけているのだろう。

彩奈が申し訳なさそうに言った。

「ゴメンなさい。わざわざ来てもらったのに、こんなことしか言えなくて」

「いいんだ。逢えただけでもうれしかった。さっきの件、考えてくれないか」

「わかった……でも、期待しないで」

くるりと背中を見せて、彩奈は公園を出ていく。

春樹は、彩奈がマンションに消えていくのを見守った。

彩奈との幸せだった時間がよみがえり、嗚咽《おえつ》しそうになって、ベンチに座り込んだ。

2

M町に帰っても、春樹の時間は止まったままだった。

（やっぱり、彩奈とはもうダメなんだろうか？）

気持ちが折れかけたとき、彩奈から連絡が入った。休みが取れたから、しばらくそちらでのんびりしたいと言う。

春樹は内心で欣喜雀躍《きんきじやくやく》して、滞在するのに相応《ふさわ》しいホテルを紹介した。すぐに、彩奈から四泊五日で、そのホテルの予約をしたという連絡が来た。

できれば、家に泊まってほしかった。しかし、それは性急というものだった。冷静に考えれば、のんびりできて、傷ついた心を癒《いや》すには、温泉付きホテルのほうがいいだろう。

一週間後、夕方になって、彩奈が家を訪ねてきた。

ショートパンツを穿いて、Tシャツの上にパーカーをはおっていた。中肉中背だが、胸はそれなりにボリュームがあることは知ってるし、足はすらりと長い。それでも、太腿は二十八歳の肉感をたたえて、むっちりとしている。

彩奈は春樹を見て、一瞬はにかんだ。それだけで、何となく彩奈の気持ちはわかった。

春樹は家のなかを見せながら、言った。

「空き家だったところだから、家賃は月三万円なんだ」

「こんなにひろい家で、三万円だなんて、東京じゃ考えられないね」

彩奈がびっくりしたように、家のなかを見渡した。

二階の仕事部屋に案内する。

「インターネットの速度はどうなの？」

彩奈が訊いてきた。

「意外に速いよ。少なくとも、仕事に支障が出ることはない。今は日本中そうだよ……それに、飽きたら、海が見えるから」

窓を開けると、眼下に静かにたゆたう瀬戸内海が青くひろがっていた。

「あっちの方に夕日が沈むんだ」

「見えるの？」

「ああ、ばっちりだよ」

「いいなあ」

彩奈が羨《うらや》ましそうに言う。彩奈が朝日や夕日を眺めるのが大好きであることはわかっている。

彩奈の下腹部がまだ淡い光しか放っていないのを見て、誘うのは、まだ早いと思った。

「町を案内するよ。夕食はホテル？」

「ホテルは朝食だけ」

「じゃあ、ついでに夕食をしよう。言ったとおり、魚は抜群に美味しいんだ。刺身も新鮮さが違うからね」

二人は家を出て、坂道をくだっていく。

海岸道路に出て、少し歩くと、数十艘の漁船が係留された漁港がある。

つながれている『一郎丸』を見て、橋本早紀のことが脳裏をよぎった。

早紀とはあれから逢っていない。

春樹が作ったホームページの、毎日更新されるブログを読むことが日課になっていて、早紀が生き生きとした生活を送っているのを知ると、自分も頑張らなくちゃという気持ちになる。彩奈との関係がはっきりしたら、早紀にはきちんと話をしようと思っている。

漁港を見せて、道路を隔てたところにある食堂で、海の幸をふんだんに味わった。

それから、浜辺を歩いた。静かな波が押し寄せてくる水際を、二人で歩いていると、このまま彩奈を抱きしめてキスしたくなる。

だが、まだ早い。彩奈の子宮の海蛍はまだ活発に動いていない。

彩奈をスナック『ゆうこ』に連れていった。

『ゆうこ』に東京の元彼女を連れて行くのは、どうかとも思ったが、彩奈には自分の生活圏にあるものを知っておいてほしかった。

店には、由布子ママと高梨マミがいて、二人を歓迎してくれた。

マミも由布子から事情を聞いたらしく、すでに、春樹と彩奈の経緯《いきさつ》を知っているようで、興味津々《きょうみしんしん》という様子で接する。

由布子のアソコは何の光も宿さず、マミの子宮も光を放たない。そして、彩奈の下腹部はいまだ淡い光のままだ。

おそらく、まだ、吹っ切れていないのだ。

今は攻めても駄目だ。

かつての春樹ならタイミングを外して無理にせまり、いやがられていた。しかし、特殊な能力を得た今は、適切な判断ができる。

しばらく呑《の》んで、ママにタクシーを呼んでもらって、彩奈をホテルに帰した。

見送って店に戻ると、マミが言った。

「いい子じゃない。ただいい子だけじゃなくて、どこか曲者《くせもの》っぽいところがあっ

ているってことよ」

「曲者ですか？」

「言い方間違ったかな。悪い意味じゃないのよ。何か秘めたものを持っているってことよ」

「……そうですね。一筋縄ではいかない感じですよね」

「シンプルな春ちゃんがそういう存在に憧《あこが》れを持つのは、わかるわよ。でも、春ちゃんには荷が重いかもしれないわね……ママはどう思う？」

話を振られて、由布子が言った。

「わたしは相性がいいと思うわ。シンプルなものって安心できるけど、長年つきあっていると、飽きるものよ。でも、彼女は飽きないんじゃないかな。適度に春ちゃんを困らせそう。ほどよく振りまわしてくれたほうが、長続きするものよ。『一郎丸』の早紀さんは、きみには眩《まぶ》しすぎる存在かもしれないわね」

「さすが、ママ。深いわ……重い荷物を背負っていくのも、ある意味、いいかもしれないわね……ねえ、今夜あたり、しようよ」

少し、光を宿したマミがせまってきた。

「いえ、今夜は遠慮しておきます」

春樹が言うと、

「ああ、つまんない男」

マミが席を離れて、スツールに腰かけた。

3

春樹は彩奈から連絡が来るのを待った。

逢った翌日は、連絡がなくても焦《あせ》らなかった。彩奈にはのんびりする時間が必要なのだ。

翌々日になっても連絡がなく、すこし焦った。こちらからラインや電話をしてもいいのだが、それでは、彩奈を急《せ》かせる形になってしまう。

次の日は神に祈る気持ちだった。

昼過ぎまでは音沙汰がなく、これはダメかもしれないと不安になった。なぜなら、今日は滞在を予定していた四泊五日の四日目で、今夜を逃したらもう彩奈を抱くチャンスはないからだ。

夕方になって切羽《せっぱ》詰まった気分でいると、ようやく彩奈からラインが届いた。

なんと、今、春樹の家の前に来ているという。

二階の仕事部屋にいた春樹は、急いで階段をおりた。

玄関のドアを開けると、ワンピースにパーカーをはおった彩奈が佇《たたず》んでいた。

そして——彼女の子宮は海蛍のように強い光を放っている。

ようやく、その気になったのだ。

「よかった、来てくれて……さあ、入って」

興奮を隠して彩奈を家に招き入れた。

「連絡がないから、このまま帰っちゃうのかと思った」

「ゴメンなさい。しばらく考えたかったから」

「いいんだよ、それで……ゆっくりするために、ここに来たんだから。気持ちは決まった？」

おずおずと訊ねると、彩奈が答えた。

「だいたいは……」

「だいたい？」

「ええ……だって、わたしたちしばらく離れていたから、そうとしか言えない。お願い、わたしをその気にさせて、決めさせて……」

廊下で立ち止まって、彩奈は大きな目で見あげてくる。

ワンピースの下腹部がいっそう強く光るのを見て、春樹はパーカーの背中に腕をまわして、抱き寄せた。

「わかった。彩奈をその気にさせてみせるよ」

昔の自分ならこんなことは言えなかった。だが今は、子宮の光り具合で彩奈の期待していることがわかる。

腕のなかで柔軟な肢体がしなりながら密着してきて、春樹はあらためて、彩奈は抱き心地のいい女であることを思い出した。

顔を、少し傾けて寄せた。彩奈は目を瞑《つぶ》って、唇を受け入れる。

気持ちを込めたキスをしながら、ぎゅっと抱きしめた。

彩奈は背伸びするように唇を合わせ、息を弾《はず》ませる。

長くキスをしていると、股間のものが力を漲《みなぎ》らせて、ズボンを突きあげる。彩奈の手をつかんで、そこに導いた。

唇を合わせながら、彩奈はズボン越しにいきりたっているものを撫《な》でさすり、

「んんっ、んんんん……」

と、くぐもった声を洩《も》らす。

「二階に行こう」

キスをやめて言うと、彩奈は潤《うる》みきった瞳を向けて、こくんとうなずいた。

二人は階段をあがって、二階の寝室に入る。

春樹は彩奈を抱きしめて、キスをする。そのまま、彩奈をベッドにそっと倒して、上から見る。彩奈は伏せていた目を見開いて、じっと春樹を見た。

「ありがとう、ここに呼んでくれて……春樹とつきあっていた頃の自分に戻れたような気がする」

「……俺もだよ。いろいろあったけど、それは俺たちの関係を深めるためにあったんだ……そう思っている」

彩奈がしがみついてきた。

しばらく抱擁してから、春樹はキスをして、ワンピースの胸元をつかみ、やさしく揉《も》んだ。唇へのキスを終えて、首すじから胸元へとキスをおろしていく。

「……待って」

彩奈はベッドを降りてパーカーを脱ぎ、ノースリーブのワンピースに手をかけた。両腕を抜き、ワンピースを首から抜き取っていく。

いつ見ても、エロい身体だった。

純白の刺しゅう付きブラジャーがDカップの美乳を押しあげ、細くくびれたウエストから急峻《きゅうしゅん》な角度でせりだしたヒップを純白のパンティが包んでいる。

普段の態度はどちらかというと素っ気ないし、エロ話には一切参加しない。なのに、服を脱げば、こんな肉感的なボディが現れる。そのギャップに春樹は魅了されてしまう。

パンティが海蛍のように発光しているのを見て、春樹も服を脱いで、ブリーフだけになった。

彩奈が下着姿で窓に近づいていって、透明ガラス越しに景色を眺め、目を細める。

「ここからも、海が見えるのね」

「ああ、ほら、ちょうど夕日が沈むところだ。あっち……」

海の西側の島影に、橙色《だいだいいろ》の太陽が没しようとしていた。かろうじて顔を出している太陽が、白い雲を下から茜色《あかねいろ》に染めあげて、周辺の海も橙色に輝いている。

「夕日が好きだったよね」

「ええ……水平線に沈む夕日なんて、最近は見てなかった」

「東京じゃ、なかなか見られないからね」

「そうね……こういう景色を見ていると、昔の人が西方浄土《さいほうじようど》を思いついたのもわかる気がする」

二人は窓を開けて、じかにサンセットを見た。

太陽は沈みはじめると早い。あっという間に、夕日の頭までが消えて、残照が周囲を染める。

「沈んだね？」

「ええ……でも、まだ残照が……きれい」

「見ていいよ」

そう言って、春樹は純白のブラジャーのホックを外した。肩からストラップが落ちて、

「あっ……！」

彩奈が両手でブラカップを押さえた。

「大丈夫。外からは見えないから」

「ほんとう？」

「ああ……」

「でも、心配だわ」

「わかった」

春樹は窓を閉めた。それでも、ガラスからオレンジと紫色の混ざった水平線が見える。

安心したのか、彩奈がおずおずとブラジャーを抜き取った。春樹は、こぼれでた乳房を後ろから両手をまわし込んで、とらえる。

「あんっ……！」

びくっとして、彩奈は両肘《りようひじ》を締める。

春樹は中心よりやや上にある突起をつまんで、トップをかるく叩いた。

彩奈は乳首をこうされると、感じる。春樹にはどうしたら彩奈が性感を昂《たかぶ》らせるのか、わかっている。

「ぁああ……んんん、ぁああうぅぅ……」

彩奈がのけぞって、背中を預けてきた。

せりだしてきた乳首をつまんで、引きあげて、放す。それを繰り返すうちに、彩奈の腰が切なそうにくねりはじめた。

「ぁああ、それ、いやっ……ぁああ、あううぅ」

「いやじゃないはずだよ」

下腹部の光を確かめた春樹は指を舐《な》めて唾液をまぶし、乳首を引っ張って放す。左右から側面をつまみ、くりっ、くりっと転がす。そうしておいて、トップをかるく叩く。

「ぁああ、ズルいよ。春樹、ズルいよ」

彩奈は目を閉じてのけぞり、背中を預けながら、肢体をくねらせる。その豊かな尻が、ブリーフ越しに勃起《ぼっき》を刺激してきて、それがますますいきりたつ。

彩奈の右手をつかんで、後ろに導いた。ブリーフと腹部の隙間からその手をすべり込ませる。じかに肉柱に触れた彩奈が、ハッとしたように指を浮かせた。もう一度、誘うと、おずおずと触れてくる。分身の具合を確かめるようにあちこちに触れて、握り込んできた。ゆっくりとしごきだす。

残照で染まった水平線に時々視線をやりながら、身をのけぞらせ、後ろ手に肉柱を擦《こす》ってくる。

うねりあがる快感をぶつけるような焦ったしごき方が、たまらなかった。

「ぁああ、もう、もうダメっ……」

彩奈はがくっ、がくっと膝《ひざ》を落として、うつむいた。

あらわになったうなじに、キスをすると、

「はんっ……！」

彩奈が顔を撥《は》ねあげる。

のけぞった肢体を抱きしめて、ベッドへと連れていく。

彩奈を仰向《あおむ》けに寝かせると、白いパンティの張りつく股間を隠すようにして、左右の太腿をよじりたてている。光の輝き具合は最高潮だ。

いつ見ても、美しい乳房だった。直線的な上の斜面を下側の充実したふくらみが持ちあげている。ちょうどいい大きさのふくらみを揉みしだきながら、尖《とが》っている乳首を舌であやした。

「ぁあああ……はんっ……はうぅぅぅ」

彩奈はさしせまった声をあげながら、身をよじる。

その喘ぎが、かつて互いに貪《むさぼ》りあったセックスの記憶を呼び覚まし、それがまた春樹の愛撫に拍車をかけた。

左右の胸をたっぷりとかわいがってから、春樹はキスを臍《へそ》から下へとおろしていく。純白の刺しゅう付きパンティが下腹部に食い込み、縦溝の刻まれた基底部には、それとわかるほどに、涙形のシミが浮かびあがっていた。

そのやや上方は、眩しいほどに青白く発光している。

春樹はパンティに手をかけて、一気に引きずりおろした。

足先から抜き取ると、細長く手入れされた濃い翳《かげ》りの底に、彩奈の秘部が深い谷間を刻んでいる。

ふっくらとした肉厚の陰唇《いんしん》が重なり合って、大切な箇所《かしょ》を隠している。

視線を感じたのだろう、彩奈が太腿をよじって、そこを隠した。

春樹は膝をつかんでひろげ、あらわになった恥肉に顔を寄せる。

（ああ、この香りだった……）

特有の甘酸っぱさを感じさせる芳香《ほうこう》が、春樹に過去を思い起こさせる。匂いは記憶を呼び覚ます。

つきあいはじめた頃は、すべてが新鮮で、稚拙とはいえ、セックスにも真摯《しんし》に向かい合っていた。だが、交際が長くなるほど、慣れてしまって単調になり、マンネリ化していた。

しかし、今は違う――。

ふたたび彩奈を振り向かせたいという気力にあふれている。

狭間《はざま》を舐めるうちに、肉びらが開いて、内部の赤い粘膜が姿を現した。オイルをまぶしたみたいにぬめ光っている。そこに舌を走らせると、

「はんんっ……！」

彩奈は光り輝く腰を浮かせて、顔をのけぞらせる。

つづけざまに狭間に舌を往復させた。

「ぁああ、あああ……恥《は》ずかしいよ。春樹、すごく恥ずかしい……」

そう言いながらも、彩奈は腰を上下動させる。

春樹は小陰唇のすぐ外側を舐める。ここは、彩奈の性感帯のひとつだ。

執拗《しつよう》に舌を走らせていると、

「ぁああ、あああぁ……もどかしいの。お願い、焦《じ》らさないで……」

彩奈がじりじりと腰を揺らした。

春樹が満を持して、陰核に舌を届かせると、

「くっ……！」

彩奈の腰が跳ねた。

雨合羽《あまがっぱ》のような包皮を剝《む》いて、現れた本体をちろちろとあやした。唾液を載せた舌で上下左右に擦ると、

「んっ……あんっ、そこ……あっ、あっ……んんんっ……ぁあああ、気持ちいい……気持ちいいのよぉ」

彩奈は両手で春樹の頭部をつかみ寄せて、濡れ溝を擦りつけてくる。

子宮が青白く発光して、その強烈な明かりが、いかに彩奈が昂っているかを伝えてくる。

今だとばかりに、春樹はクリトリスを吸い、舌を走らせる。

すると、彩奈はもうどうしていいのかわからないといった様子で、腰をせりあげ、左右に振る。

「ぁあああ、欲しい。春樹、欲しい……」

ついには、哀願して、霞《かすみ》がかかったようなぼうっとした瞳で見あげてきた。

4

ブリーフを脱いで、ベッドに仰向《あおむ》けに寝た春樹の足の間に、彩奈がしゃがんで、顔を寄せてきた。

いきりたつものに指を添えて、茜色にてかつく亀頭部《きとうぶ》に、チュッ、チュッと接吻する。そのまま顔を傾けて、肉柱の裏のほうをツーッと舐めおろし、根元から舌を這《は》いあがらせる。

視線が合うと、照れくさそうに目を伏せた。

それから、また裏筋になめらかな舌を往復させ、亀頭冠《きとうかん》の真裏にちろちろと舌を走らせる。

以前より、気持ちがこもっている感じがする。

包皮小帯をついばんだり、吸ったりしながら、根元を握った指で、合間をみて上下にしごく。

一回り大きくなったのを感じたようで、肉棹《にくざお》を握りしごき、

「大きくなった」

うれしそうに微笑み、春樹を見あげてくる。

一瞬、はにかんで、今度は亀頭部から頬張《ほおば》ってくる。

ぷっくりとした唇をひろげ、カリを巻き込むようにして、亀頭冠を中心に小刻みに顔を振った。

ジーンとした快感がひろがってきて、春樹は目を閉じて味わう。

目を瞑ると、暗闇のなかでも彩奈の唇の動きや舌づかいを、はっきりと感じ取れる。

フェラチオしてもらうとき、瞬《まばた》きもせずに、愛おしい女性が自分のものを頬張る姿を目に焼きつけようとする者もいるだろう。だが、春樹は目を瞑り、何も考えずに彩奈の舌技に身を委ねて、快感を享受《きょうじゅ》した。

彩奈は握っていた指を離して、唇を根元まですべらせた。

ぐふっ、ぐふっと噎《む》せたが、怯《ひる》むこともなく、もっとできるとばかりに、さらに深く咥えてきた。

唇が陰毛に接するまで勃起を呑み込み、えずきそうになるのを必死にこらえている。

その献身的な姿に、春樹は惚れ直した。

彩奈は静かに唇を引きあげ、途中からおろす。ふっくらとした唇が、浮き出た血管を擦ってくる。

両頬がぺこりと凹《へこ》んで、彩奈がいかに強く吸っているのかがわかる。

彩奈はちらりと上目づかいに春樹を見た。それから視線を落として、啜《すす》りあげながら、吐き出す。

口角《こうかく》に溜まった唾液を手の甲で拭《ぬぐ》い、その手で根元を握った。

激しく上下にしごきながら、亀頭冠の出っ張りに舌を這わせる。ぐるりと一周させ、尿道口に沿って、舌を走らせる。

「ぁあ、気持ちいいよ」

思いを伝えると、彩奈はにこっと笑って、鈴口《すずぐち》を丁寧《ていねい》に舐めた。

それから、ふたたび右手を動員して、根元を握り、余っている包皮をぐいとおろす。包皮が完全に伸びて、剝き出しになった亀頭冠の裏を中心に、素早く唇をすべらせる。

「我慢できない。彩奈とひとつになりたい」

言うと、彩奈は静かに吐き出して、またがってきた。

彩奈は女上位の体位が苦手だった。スクワットをしているみたいで、太腿が疲れると嘆いていた。

それなのに、今は自分からまたがってきた。

蹲踞《そんきょ》の姿勢になって、いきりたちをつかみ、光る下腹部に潜む翳りの底に切っ先を擦りつける。

それから、慎重に切っ先を沼地に押しつけて、沈み込んでくる。

すぐには入らなかった。

とても狭隘《きょうあい》なとば口が侵入を拒《こば》んでいた。だが、彩奈がぐっと腰をおろしたとき、確かな感触があって、

「はうぅぅぅ……！」

彩奈は眉《まゆ》を八の字に折って、顔をのけぞらせる。

ひろげた唇が震えている。今にも泣きだしそうな顔がたまらなかった。

「ぁああ、動けない……」

彩奈はそう言って、時々、がくっ、がくっと震える。

とても窮屈な肉路が、波打つようにして分身を締めつけてくる。

春樹がじっとしていると、彩奈がおずおずと腰を振りはじめた。

両手を腹部に突いて、両膝をぺたんとシーツにつけた状態で、妖しく光る腰を前後に揺する。ゆるやかな動きが徐々に活発になっていき、

「ぁああ、ぁあああ……気持ちいい。春樹、気持ちいい……ぁあうぅぅぅ」

彩奈が眉根を寄せて、訴えてくる。

春樹は目を閉じたいのをこらえて、彩奈の姿を脳裏に焼きつける。

これは紛《まぎ》れもない現実だ。今、自分の腹の上でしどけなく腰を振っているの

は、渡部彩奈なのだ。

顔を大きくのけぞらせ、両手でたわわな乳房を挟みつけるようにして、腰をくいっ、くいっと鋭く打ち振っては、

「あんっ……あんっ……ぁあああ、あああうぅぅ」

顎をせりあげる。

彩奈は両手を後ろに突いて、上体を斜めに倒した。

思い切り足をM字開脚して、結合部を見せつけるように、光り輝く腰を前後に揺すっては、

「ぁあああ、ああああ……春樹、恥ずかしいけど、気持ちいい……」

のけぞりながら、心からの声をあげる。

臍の下の海蛍はいっそう強く発光して、青白い光が結合部分を照らしている。

蜜まみれの肉柱が翳りの底に埋まり、出てくる。

彩奈は上体を起こして、両手を胸板に突いた。少し前屈みになりながら、腰をぎりぎりまで浮かして、沈み込ませる。

パチン、パチンと尻がぶつかる音とともに、切っ先が子宮口を打ち、

「あんっ、あんっ、あんっ……ぁあああ、感じる。春樹のおチンチンをはっきり

と感じる。ぁああ、気持ちいい……ぁあうぅぅ」

彩奈は前屈みになりながら、尻を上下に振って、眉根を寄せる。

腰が落ちるのを見はからって、春樹が突きあげると、屹立《きつりつ》が深いところに嵌《は》まり込み、

「うぁあん……！」

彩奈が顔をしかめながら、高く喘いだ。

こうなると、春樹も攻めたくなる。

彩奈が腰を沈ませる瞬間を狙って、下腹部をせりあげる。つづけざまに腰を跳ねあげると、

「あっ、あんっ、あんっ、あんっ……ダメっ……」

彩奈が痙攣《けいれん》しながら、前に突っ伏してきた。

春樹に体重をかけて、小刻みに震えている。

ぐったりした彩奈の胸に潜り込むようにして、乳房を揉みしだき、突起を吸った。すると、

「ぁああ、ああ……気持ちいい。気持ちいいよぉ」

彩奈は両手を突いて、顔をのけぞらせる。

ああ、彩奈が戻ってきてくれた。感動のまま、春樹は女体の下に潜り込んで、彩奈の急所である乳首に舌を這わせる。

吸っては吐き出し、いっそう硬くしこってきた乳首を舌で愛玩《あいがん》した。

「ぁああ、欲しい。突いて……思い切り、突いて……」

彩奈がもどかしそうに腰をくねらせる。

春樹は胸の下から這い出て、彩奈の背中と腰を引き寄せた。そうしておいて、下から突きあげる。

怒張《どちょう》しきったイチモツが、斜め上方に向かって、粘膜を擦りあげていき、

「あっ、あっ、あんっ、あうぅぅ」

彩奈がぎゅっとしがみついてくる。

春樹が動きを止めたとき、彩奈が耳を甘嚙みしてきた。

かるく嚙み、それから、耳元に甘い吐息を吹きつける。

彩奈の息づかいと、舐めるときの音がはっきりと聞こえ、同時に、ぞくぞくっとして、

「あうぅぅ……くすぐったいよ」

思わず訴えていた。

「もっと、くすぐったくしてあげる」

そう耳元で囁《ささや》いて、彩奈は耳たぶや耳殻《じかく》に舌を這わせる。そうしながら、自分から腰を振る。

いきりたちが、蕩《とろ》けた粘膜で揉み抜かれ、そのからみついてくる感触がたまらなかった。

受け身で快感を享受していたと思ったら、これだ。やはり、彩奈は一筋縄ではいかない女なのだ。

彩奈は上体を斜めにして、自ら腰を縦に振り、上から春樹を大きな目で見つめてくる。

「突きあげるのは、反則だからね。わかった？」

「ああ……」

彩奈は足を大きくM字に開いたり、反対に狭《せば》めたりして、腰を上げ下げする。おろしたところで腰をグラインドさせて、肉棹をぶんまわす。

「く、くっ……」

彩奈は快感をこらえる。

やがて、上体を倒して、唇を合わせてきた。キスをしながら、腰をくいっ、くいっと動かして、屹立を攻めてくる。

春樹は我慢しようとした。だが、無理だった。

背中と腰を引き寄せながら、下から突きあげる。ぐいっ、ぐいっ、ぐいっと連続して屹立をめり込ませると、

「んんっ、んんんっ……ぁああ、反則だって……」

彩奈はキスをやめて、顔をのけぞらせる。

「ゴメン。もう我慢できない」

春樹はつづけざまに腰を跳ねあげる。すると、彩奈の気配が変わった。

「あん、あん、あんっ……ぁあああ、ダメっ……イクよ。イッちゃうよ！」

さしせまった様子で訴えてくる。

「いいよ、イッて。彩奈がイクところを見たい。本気でイクところを見せてほしい。いいよ、いいんだよ」

つづけざまに突きあげたとき、

「イクよ。イク、イク、イッちゃう……はうっ！」

彩奈は大きくのけぞって、がくん、がくんと震え、前に突っ伏してきた。

5

春樹はまだ射精していない。それに、彩奈の子宮の海蛍は光ったままで、腹部に青白い明かりが灯っている。

春樹はいったん結合を外して、

「まだ、できそう？」

訊くと、彩奈はこくんとうなずいた。それから、言った。

「春樹、変わったね」

「そうか？」

「うん、変わった。わたしの心を読んでいるみたいな気がする。今だというところで来るし……前はタイミングが悪かったのに……何かあったの？」

彩奈が屹立を強弱つけて握りながら、見あげてきた。

「少し前に、ここの浜に、季節外れの海蛍が現れたんだ。俺は海辺で転んで、その海蛍をごっくんしてしまった。それから、なぜか女心がわかるんだ」

「えっ……ウソでしょ。そんなことあるはずがない。わたしをからかっているんでしょ？」

思っていたとおり、彩奈は信じない。

「ばれたか。もちろん、ウソだよ」

「もう……」

彩奈がプーッと頬をふくらませる。

春樹はそれを見て、彩奈を仰向けに寝かせる。

両手を頭上にあげさせて、真下にある顔にキスをする。

チュッ、チュッとついばむようなキスをして、舌を出して誘うと、彩奈の温かい舌がからんできた。

両手を押さえつけたまま、ディープキスをする。舌をからめていると、彩奈はもう我慢できないというように、足を太腿にからめてきた。

足先で膝のほうを擦りながら、ぐいぐいと下腹部を押しつけてくる。その火照《ほて》った恥肉を感じて、春樹の分身はますますいきりたつ。

春樹は手を放して、キスをおろしていき、乳房をとらえた。

格好よく隆起したふくらみを揉みながら、先端に舌を走らせる。

枕明かりに浮かびあがった乳房は、白々とした光沢を放ち、淡いピンクの乳首が頭を擡《もた》げていた。

どうしたら、彩奈が感じるかはわかっている。

指でトップを細かく叩き、勃起した乳首をつまんで引っ張り、放す。

「あんっ……！」

と、喘いで、彩奈が身をよじる。

春樹は指で側面を挟むようにして転がしながら、トップをちろちろと舐めた。

さらに、指を離して、全体に舌を走らせると、

「ぁああ、もうダメっ……入れて。欲しい、春樹が欲しい」

彩奈が眉根を寄せて、せがんでくる。

春樹は膝をすくいあげて、眩しく光る下腹部にいきりたちを押し込んでいく。

怒張しきった肉柱がとろとろに蕩けた肉路をこじ開けていき、

「はうぅぅ……！」

彩奈がのけぞって、両手で枕の縁をつかんだ。

春樹は上体を立てて、彩奈の表情の変化を見ながら、ゆっくりと押し込んでいく。

分身が彩奈の体内を押し広げていく歓喜が、全身を満たした。

両膝の裏をつかみ、足をぐいと押し広げながら、力強く打ち込んでいく。

ちょうどいい大きさの乳房が波打って、

「あんっ……あんっ……」

彩奈は仄白《ほのじろ》い喉元《のどもと》をさらして、喘ぐ。

一度は別れた彩奈が、今、自分の腹の下で喘いでいる。悦《よろこ》びの声をあげている。

歓喜の潮流が流れ込んできて、春樹は至福感のなかで腰を動かしつづける。

「ぁあああ、春樹、来て。ぎゅっと抱いて！」

彩奈が両手を伸ばして、春樹を見あげてきた。

春樹は覆《おお》いかぶさっていき、彩奈を抱き寄せながら、腰をつかった。

「あんっ、あんっ……ぁあああ、春樹、キスして」

彩奈がキスを求めてきた。

春樹は唇を重ねながら、腰を律動《りつどう》させる。

二人は今、口と下半身でつながっている。その一体感が、春樹の性感を一気に高める。

唇を合わせながら、ずりゅっ、ずりゅっとえぐりたてた。

「んんんっ、ん……んっ……ぁあああ、気持ちいい……すごいよ、すごい」

キスをやめて、彩奈がしがみついてきた。

春樹は腕立て伏せの形で、いっそう強く打ち込んでいく。

足の親指をシーツに嚙ませるようにして力を込め、なるべく深く突き入れる。

それをつづけていると、彩奈の気配がさしせまってきた。春樹の両腕を痛いほどに握りしめて、

「あんっ……あんっ……ぁああ、あああああ、あうぅぅぅ……」

顎をせりあげ、後頭部を枕に擦りつける。

ミドルレングスのさらさらの髪が乱れて、額《ひたい》に張りつき、ぎゅっと目を閉じている。

ストロークを叩き込むたびに、射精前に感じる甘い陶酔感がひろがってきた。

「ぁあああ、出そうだ」

「いいよ、出して……わたしもイクよ。一緒に、イキたい」

彩奈が痙攣しながら言う。

「彩奈、彩奈！」

名前を呼んで、スパートした。

速いピッチで、ぐいぐいえぐり込んでいく。まったりとした粘膜がからみつい

て、入口が締めつけてくる。

「ぁあああ、イク。春樹、わたし、イッちゃう。また、イクよ……」

「いいんだ。イッていいよ。そうら、一緒だ。一緒にイクぞ……」

残っている力を振り絞って、連続して叩き込む。

「あっ、あっ……ぁあああ、イク。イク、イク、イッちゃう……来るぅ、やぁぁぁぁあああああああ！」

彩奈が絶叫して、駄目押しとばかりに押し込んだとき、春樹も放っていた。

熱い男液が彩奈の光り輝く子宮に送り込まれ、彩奈はがくん、がくんと躍りあがりながら、春樹の腕を握りしめている。


春樹は彩奈を腕枕して、ベッドに横たわっていた。

半身になって、腕に頭を乗せる彩奈の丸められた子宮付近は、いまだに淡く光りつづけている。

今が、思いを告げるときだった。

「よかったら、この町に来ないか。もちろん、彩奈が不安なのはわかる。仕事の条件だって、東京にいるときよりは悪くなる。だけど、彩奈の実力ならば、ここでも充分にリモートワークできる。それに、ここの家賃は安い。二人でシェアすれば、割安感はもっと増すだろう。二人の収入を合わせれば、ここでの暮らしは何とかなる。貯金もできると思う」

「でも……わたし、東京生まれの東京育ちだから、都会から離れるのが不安なの。初めてだし……」

「俺もそうだったさ。でも、この町にしばらくいて、どうだったかな。のんびりはできなかった？」

「とても穏やかな空気が流れていて、ほんとうの自分に立ち戻れた気がする」

「忙しさにかまけちゃうってことがあると思う。忙しいと、自分を顧《かえり》みないで済む。でも、それってただバタバタ働いているだけで、あとで振り返ってみると、じつは、何もなかったりするものだよね」

「……そうね。確かにそれはあるかもしれない」

「彩奈は今、在宅ワークが多いらしいけど、それは、会社に出ると、秋山さんに逢うからつらいんだろ？」

彩奈は無言で、顔を肩に乗せて、ぎゅっとしがみついてきた。

「ここに来なよ。彩奈がいれば、俺も寂しくない。それに、二人で新しく事務所を起《た》ちあげたっていいし……」

思いを必死に伝えた。

するると、彩奈は上体を立てて、じっと春樹を見た。

「いいわね、それ……」

そう言う彩奈の瞳が輝いている。

「よし、決めた。あとは、彩奈の仕事のスケジュールもあるだろうから……」

「そうね。その時期はわたしに任せて……上手くやるから。わたしたち前途洋々って感じね。この海のように」

彩奈は裸にパーカーをはおり、ベッドを離れて、窓際に立った。

「ねえ、あれ何？」

春樹もガウンをはおって、窓に近づく。

海岸線のところどころが、青白い発光色の絵の具を流したように、幻想的に光っている。

「海蛍だよ」

「えっ、さっき言ってたやつ？」

「ああ……すごいな」

窓を開け放つと、海岸線の青白い光がいっそう鮮やかに見えた。

「海蛍って、三ミリくらいの小さな生き物で、殻《から》を持っているんだ。夜行性で、夜になると活発に動きだすらしい」

「どうして光るの？」

「仕組みを詳しくはわからないけど、光るのは敵を威嚇《いかく》するためだとも、雄《おす》と雌《めす》の求愛行動だともいわれているらしい」

「求愛行動？」

「ああ……」

「じゃあ、今、一生懸命に異性を求めているのね」

「たぶん、そのせいだよ。俺がパワーを身につけられたのも。今だって、きみの子宮が、ますます明るく光っているのが見えるんだ」

「いやだわ、もう冗談はよして……ウソだとわかっていても、恥ずかしいわ」

彩奈が下腹部を隠した。

「そうだ、海蛍を見ながらしよう」

「……いいけど、春樹、まだできるの？」

「ああ、ほら、もうこんなになってる」

ガウンを脱ぐと、下腹部の分身が鋭角に頭を擡げていた。

いきりたつ肉柱を見て、彩奈の表情が変わった。

「そこにつかまって、こちらにお尻を……」

うなずいて、彩奈が窓の下を両手でつかみ、腰を後ろに突き出してくる。

パーカーをはおっているが、下半身は何もつけていない。

丸々としたヒップが近づいてきた。

下腹部は、海岸線に出現している海蛍と呼応するかのように、煌々《こうこう》と青白い光を放っている。

濡れ溝に切っ先を当てて、押し込んでいくと、それが子宮の海蛍に届いて、

「あうぅぅ……ああああああ」

彩奈が背中を反《そ》らせて、長く喘ぎを伸ばした。

「見える？」

「ええ、見える。波打ち際が青く光っている。きれい。夢を見ているようだわ」

彩奈が答える。

（あの海蛍のお陰で、俺は幸せをつかめた。だけど、この能力が永久につづくとは思っていない。いつか消えてなくなるだろう。でも、それまでに俺は、女心を

学び、女体を学び、海堂なしでもやっていける男になってみせる)
春樹はそう心を決め、いきりたちを子宮めがけて力強く打ち込む。
「あんっ、あんっ……ぁあああ、気持ちいい……」
彩奈の喘ぎ声が、開け放たれた窓から海岸に向かって流れていった。

※この作品は双葉文庫のために書き下ろされたもので、完全なフィクションです。

双葉文庫

き-17-70

海蛍《うみほたる》と濡《ぬ》れたアソコの光《ひか》る町《まち》

2024年1月10日　第1刷発行

【著者】
霧原一輝《きりはらかずき》

【発行者】
箕浦克史
【発行所】
株式会社双葉社
〒162-8540 東京都新宿区東五軒町3番28号
［電話］03-5261-4818(営業部)　03-5261-4833(編集部)
www.futabasha.co.jp(双葉社の書籍・コミックが買えます)
【印刷所】
中央精版印刷株式会社
【製本所】
中央精版印刷株式会社

【フォーマット・デザイン】
日下潤一

ISBN978-4-575-52724-7 C0193
Printed in Japan